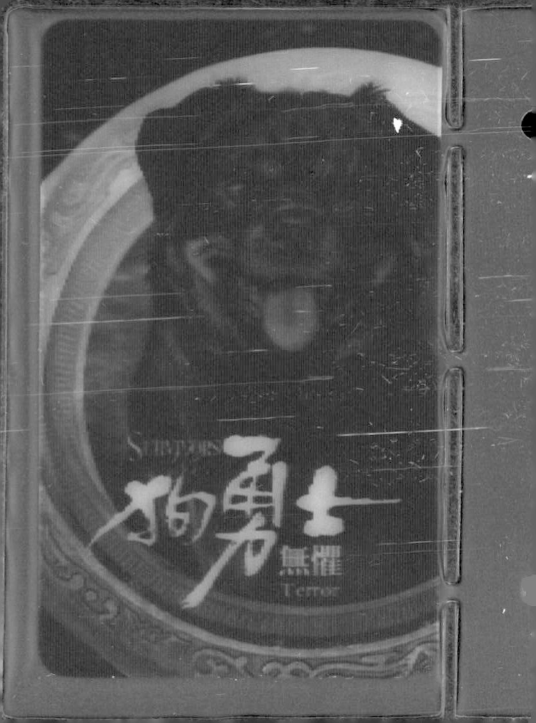
狗勇士
無懼
Terror

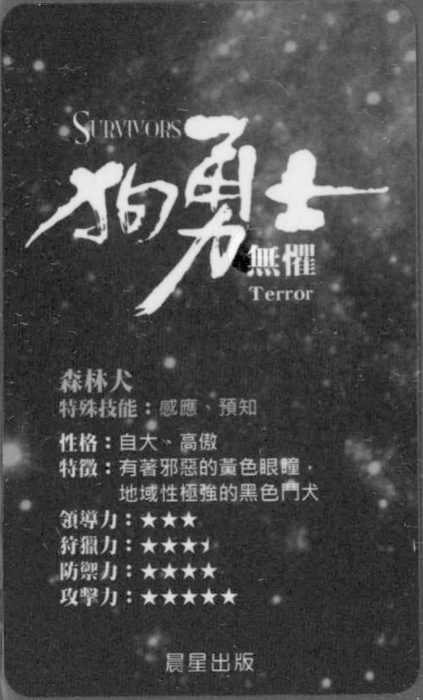
SURVIVORS
狗勇士
無懼
Terror
森林犬
特殊技能：感應、預知
性格：自大、高傲
特徵：有著邪惡的黃色眼瞳，
地域性極強的黑色鬥犬
領導力：★★★
狩獵力：★★★½
防禦力：★★★★
攻擊力：★★★★★
晨星出版

SURVIVORS 首部曲之 IV

狗勇士

逆境求生

THE BROKEN PATH

艾琳・杭特◎著 盧相如◎譯

晨星出版

森林山脈
長爪的籠車
栓鍊犬
營地洞穴
猛犬花園
河流
荒野
往城市

湖
荒野狗幫
地盤
大裂縫
長爪營地
生病
森林

狗勇士 征戰世界名詞解釋

- **繞圈儀式**（ritual circle），狗睡前圈地抓整臥鋪的儀式。
- **風暴之犬**（Storm of Dogs），暴風雨，自然萬物的征戰，狗世界爭相掠奪地盤的一場大戰。也是狗世界中的神話傳說。
- **天犬**（Sky-dogs），意指天空。狗世界的上帝。
- **地犬**（Earth-dogs），意指大地。狗世界認為萬物死亡終歸地犬所有。
- **快腿犬**（Swift-Dog），四肢細長的狗，其奔跑速度快。多指靈猩（格雷伊獵犬）。
- **長爪**（longpaw），意指人類。
- **陷阱屋**（Trap House），意指動物收容所。
- **大咆哮**（The Big Growl），意指摧毀城市的大地震。
- **太陽犬**（Sun-dogs），即太陽。
- **籠車**（loudcage），意指汽車。
- **狗幫**（dog pack），有首領艾爾帕、副首領貝塔等組織的狗群。有其律法、幫規必須遵守。
- **獨行犬**（Lone dog），不隸屬狗幫，獨來獨往，自食其力的狗。
- **透明石**（clear-stone），意指玻璃。
- **栓鍊犬**（Leashed Dog），與人類同住，享有人類照料吃住的狗。

狗勇士 征戰世界名詞解釋

- **猛犬**（Fierce Dogs），皮毛黝黑、體型纖瘦，有堅挺的雙耳與口鼻。多指杜賓犬。
- **利爪**（sharpclaw），意指貓咪。
- **美食屋**（Food House），意指人類的餐廳。
- **臭味桶**（smell-box），意指人類的垃圾桶。
- **腐食桶**（spoil-boxes），意指人類的廚餘桶。
- **水泥牢籠**（stone cage），人類居住的公寓。
- **長爪毛皮**（longpaw's fur），人類的衣服，外衣。
- **無日**（no-sun），意指夜晚。
- **艾爾帕**（Alpha），狗幫中的首領，發號施令，負起帶領狗幫責任的老大。
- **農場犬**（Farm-Work Dog），意指牧羊犬，多指邊境牧羊犬。
- **戰鬥犬**（Fight Dog），訓練有素可攻擊、戰鬥的狗，多指德國牧羊犬。
- **月犬**（Moon-Dog），意指月亮。
- **歐米茄**（Omega），狗幫中地位最低的層級。不得狩獵或守衛，需要聽命於狗幫中的所有狗，沒有獲得艾爾帕允許，甚至不得擅自離開狗幫地盤。
- **森林之犬**（Forest-Dog），意指森林。

狗幫成員

狩獵犬

費瑞：強壯有力，擁有黑色毛髮，質地粗糙的大型犬。

幸運：原是一隻獨行犬。金白色毛髮相間，毛髮濃厚。

史奈普：棕白色毛髮相間小型母犬。

春天：褐色母獵犬，黑色斑點相間。

巡邏犬

月亮：黑白相間的母犬，有三隻幼犬。

達特：棕白色毛髮相間，身形瘦小的母追蹤犬。

崔奇：棕色毛髮，黑色斑點相間的追蹤犬，有一隻瘸了的腿。

懷恩：狡猾、投機，扁臉的小黑犬。

獨行犬 *Lone Dogs*

老獵人：幸運在城市裡的朋友。身形壯碩結實的公狗，鬥牛獒。

狗幫成員

栓鍊犬 *Leached Dogs*

貝拉：幼名叫嘰喳。金白色毛髮相間，是幸運的妹妹，善於鼓勵同伴們，有著絕佳的領導能力。喜樂蒂獵犬（喜樂蒂牧羊犬與黃金獵犬的混種）。

黛西：西高地白狷和傑克羅素狷混種。

麥基：黑白毛髮相間，農場犬。邊境牧羊犬。

瑪莎：勇敢並善於游泳，個性溫柔且善良。黑色大狗，紐芬蘭犬。

布魯諾：強悍、勇敢，有著絕佳的戰鬥能力，睡著時會打呼。毛髮濃密，戰鬥犬，德國牧羊犬。

陽光：容易懼怕、念舊，有絕佳的視力並且嗅覺敏銳。白色長毛小狗，馬爾濟斯。

荒野狗幫 *Wild Pack*（按階級排列）

首領艾爾帕　體態優雅靈活的灰色狼犬。灰白色毛髮相間，有著一雙黃色瞳孔。善於震懾嚎叫。

副首領貝塔

甜心：動作敏捷，灰色短毛髮。和幸運一起逃離陷阱屋的快腿犬。格雷伊獵犬。

前言

「放棄吧，亞普！我是你的艾爾帕！」

嘰喳吠叫得上氣不接上氣，她撲倒亞普，使周遭掀起一陣漫天煙塵。在太陽之犬照耀之下，漫長的炙熱天氣使得修剪整齊的草地變得枯黃，兩隻小狗就這麼翻滾到長爪種植的一排花圃上。圍欄內的小天地如此井然有致與安逸！正需要一場混戰來搗亂。

亞普踢腳，扭動身子從嘰喳身子下方鑽出，然後壓倒在妹妹身上。

「不，你不是。我才是艾爾帕！」

嘰喳噴出一鼻子灰，拉高分貝嚷嚷著。「你等著吧，亞普。」

她笨拙地攀上他的頸背，亞普仰躺在地，等妹妹撲上來之後，立刻用他細小的牙齒咬住她的前腿。

「哎喲！」嘰喳發出哀號。

「我傷到你了嗎？」他嘴裡正咬著她的腿，到抽一口氣。

「哈！」嘰喳利用他的罪惡感，扭過身子，往前衝。「騙到你了，亞普！」她回頭對他說。

亞普飛快起身，展開追逐。「看我怎麼收拾你……」

霎時，他煞住了腳，皺縮起鼻子。**這是什麼味道**？

嘰喳衝向長爪的房子方向，消失無蹤，吠叫聲逐漸消隱，但是亞普突然間一點也不在乎。刺鼻的氣味令他的鼻子難受，他忍不住咳了出來。他的腳爪不斷抓扒自己的口鼻，不斷搖著頭，猛眨眼。

亞普再次打了個噴嚏，仍舊覺得呼吸困難，他別無選擇，只有將難聞的氣味大口吸入嘴裡。他痛苦的發出抽噎。

這眞是可怕極了，究竟是什麼氣味令他如此難受？狗母親在哪裡？亞普痛苦地蹲伏在地，渾身發顫。

等等，他心想。**我現在是隻大狗了**。

亞普起身，甩甩身體。氣味十分刺鼻，不過他自認是個優秀的搜索者！我可以自行調查。亞普嗅聞空氣，跟隨氣味，試著忍住噴嚏與咳嗽。氣味燒灼他的喉嚨……

那裡！長爪房子的大門敞開著，亞普用鼻子將門頂開些。這裡的氣味刺鼻，他的雙眼忍不住充滿淚水。**我正在調查，不能逃走……**

他試探性爬進屋內，爪子在硬木板上嘎嘎作響。長爪的幼子在他面前出現，長長的金髮在後腦杓扭成一個髮辮。亞普喜歡她。她經常對他叫喚著，要他陪她玩，不過現在她並沒有這麼做。

她全神爬到椅子上，朝那個長爪用來烹煮食物的金屬爐台靠近。亞普皺起鼻子，把頭偏向一邊，困惑不已。

小長爪手裡拿著東西，亞普聽見她搖晃著它發出咯咯聲，並從裡面拿出小木棍。**只不過是個遊戲罷了**？他心想。她正在玩一個新玩具，**說不定我可以加入！**

不過小木棍聞起來不對勁，亞普在這個距離都聞得到。小木棍一端是像沾了鮮血似的紅，而且帶有刺鼻的氣味。此時，他聽見蛇般的嘶嘶聲……**事情很不尋常**。

這氣味、噪音與怪異的小木棍簡直令亞普無法忍受。**停止遊戲，小長爪，快停止！**他仰起頭，盡可能大聲吠叫。

金髮小長爪嚇了一跳，鬆開手裡的玩意兒，裡頭的小木棍灑了一地。亞普再度發出吠叫，抓扒著閃亮的地面，他感到十分害怕，無法對這些散發著刺鼻味的小木棍不加理會。嘶嘶聲響也愈發響亮。

小長爪一臉吃驚與難過的模樣，只會令亞普更加瘋狂吠叫。他不知道究竟發生何事，忍不住叫喚著自己的母親。

趕來的不是狗媽媽。屋子裡立刻擠滿了大長爪，彼此叫嚷，喘著氣。其中一名女性發出尖銳叫聲，手中懷抱起金髮小長爪，不斷責備她，亞普一時停止吠叫，納悶自己是不是惹上什麼麻煩。

但是長爪們根本對他不予理會。一名男子衝向牆上的透明石窗，立刻打開它讓那個令人窒息的刺鼻氣味散去。另一個比成年長爪小一號卻略高的男生，在亞普身旁蹲下來，一把將他抱在懷中。

亞普渾身發顫，感到害怕，但是那個年輕的長爪似乎並沒有生氣。他發出安撫的聲音，將他依偎在胸前，搔著他的下巴。「乖狗狗。」他的嘴裡不斷喚著，抱著亞普走出屋外。「乖狗狗！」

大夥此時來到戶外的空曠處，刺鼻氣味散去，其他長爪圍在亞普身邊，拍拍他的頭，搔著他的耳朵。年紀較長的長爪將小長爪緊擁入懷，儘管厲聲叫罵，眼裡卻噙著淚水。

亞普抬頭望著長爪，後腿緊夾尾巴，長爪沒因為他發狂的吠叫聲而責罵他。「乖狗狗。」他們嘴裡不斷叨念著，「幸運，眞是幸運……」

亞普承受不起長爪的熱情，像是受到驚嚇般不斷扭動身軀，直到年輕小長爪在地面放他下來。一等他掙脫束縛，他立刻奔往小屋。

不到半路，狗媽媽便出來迎向他，她用力搖著尾巴，兩眼炯炯有神，驕傲地望著他。亞普在母親面前停下腳步，她慈愛地舔舔他的頭。

「你表現得很好，亞普。」她輕聲說，「你提醒長爪留意危險，免於一場災難發生。」

「噢。」他小聲回應，「我還以爲他們會像從前那般氣我發狂亂叫。這次卻不見他們惱火？」

「是啊。」狗媽媽用舌頭舔著他的耳朵。「我想，他們也替你起了一個名字，你現在已經是隻成犬了。幸運。」

亞普皺皺鼻子，驕傲中帶著些微失望。「我以爲我可以選擇自己喜歡的名字。」

「呃，只有荒野之犬才這麼做。」狗媽媽似乎並不同意。「有些栓鍊犬也不認同長爪替他們命名。不過他們讓你有了一個好名字，你應該感到驕傲。」

「幸運。」亞普咕噥著，像在對自己說。他最後回頭張望那群長爪，不過他們已經返回他們的家中，關上了門。「幸運。」

狗媽媽輕輕蹭著他。「這是個好名字，亞普——閃電很幸運有天犬拯救他一命，還有森林之犬向來被描述成幸運之神。」她的聲音中似乎帶著笑聲。「這個名字能夠讓你遠離麻煩，小傢伙，我有預感你正需要它。就把它視爲森林之犬給你的禮物。」

亞普不自覺挺起胸膛感到驕傲。「幸運。」他舔舔下巴，品味著這個名字，「是啊。如果這是森林之犬賜予的禮物，肯定是個好名字。」

狗媽媽噗哧一笑，將亞普輕推向他與手足們安睡的小屋。低矮太陽的光芒映照在牆壁上，亞普逐漸感到睡意向他襲來。歷經疲憊的一天之後，他渴望躺臥在長爪替他準備的柔軟睡鋪。

除了溫暖舒適的家園，他們如今還替亞普命名。長爪們眞是好心，總是對他悉心照料。沒錯，他知道自己可以信任他們。

我真是幸運，亞普心想。他好夢正酣緊靠在狗母親身邊，在她選擇的陰涼處入睡。**希望一直能夠如此……**

第一章

幸運在森林急奔，腳掌踩在地面吱嘎作響。金黃色的陽光潑灑在頭頂樹枝，腳底的落葉被磨得發亮。他見到前頭的費瑞強而有力的背脊，一群陣容堅強的狗兒正朝向森林前進。

幸運加緊步伐，跟上隊伍。年幼的恬恬跟在他的身後快跑，他相信她不會遠遠落後，所以他絲毫不想放慢腳步。他的心臟噗通噗通跳，嘴裡吐著舌頭，品嚐著楓紅谷地的蕭颯空氣，幸運覺得自己比起從前在月亮之犬映照之下奔跑的日子更加強壯、迅速，自己彷彿能夠一直這麼跑下去。

能夠再度深入荒野的感覺真好，他心想，一道道陽光在粗糙的地面若隱若現。**過去那段在城市生活的日子已經離得好遠，目前這樣的生活很好……**

從前的他肯定不會相信自己能做出如此劇烈的改變。他很懷念那段身為獨行犬的日子，在城市的街道上漫遊，翻找長爪留下的殘羹剩飯。他曾在美食屋的臭味桶找到發臭的半隻雞而為此驕傲不已。

如今，我身處在荒野中，遠離城市的街道，在森林之犬的看顧之下，用盡全身的感官，獵捕速度飛快的獵物。

幸運越過崩倒在地的樹幹，內心感到一陣驕傲。不久前，他成為間諜的事被揭發，被降為歐米茄作為懲罰。他厭惡歐米茄這個身份，但他承認降級教會他忠誠與屈辱，以及被當成落水狗的感覺，這經驗令他變得更加勇敢。身為歐米茄，意味在狗幫的地位最卑賤，從一個受敬重的狩獵犬與巡邏犬落入這樣的位置肯定相當難受。

當然，每個狗幫都需要歐米茄這樣的角色，從事打雜等令人嗤之以鼻的工作。這是相當吃重的角色，幸運明白的很。只不過，他再也不會淪落至此。

如今，大夥千里跋涉，對巡邏犬的需求少了許多，反倒是狩獵犬肩負了填飽全部成員肚皮的責任。幸運費了好大一番工夫，終於又升級為狩獵犬，受到狗幫成員們的敬重。現在他正外出覓食，替狗幫找尋食物。大夥正在森林內的暫時歇腳處等待。

這裡位於白色山脊另一側，夾在低矮、屏障般的山丘與點綴著花朵的牧草地間，但因距離遙遠不適合居住。只不過山谷成了絕佳的安全暫歇處，讓他們得以中斷旅程藉此休憩，而且與頗具威脅的猛犬狗幫相隔一大段距離。

這是一座陌生的森林，不過幸運對自己敏銳的本能以及對森林之犬的信任充滿自信。即使遭受刀鋒的攻擊，迫使狗幫得另尋他處，刺痛著幸運的自尊，不過整體來說，幸運對於這個結果也感到歡喜。過去這幾天跋涉顯得自在美好，幸運眞希望這樣的日子可以長長久久。

「幸運！」費瑞回頭對他說，「記得仔細嗅聞刀鋒跟他同夥的下落。」

「別擔心。」幸運可忘不了猛犬狗幫那隻野蠻的領袖，一想起她那咆哮與傲慢的嘴臉，幸運不免背脊發毛。他嗅聞結霜的森林裡是否有對方的氣味，卻只聞到枯葉、流水與小動物們的味道。

刀鋒知道我能夠阻止她的惡行，所以不敢靠近我們一步。

「很好，保持警覺，確保其他狗也如此。」費瑞擺動著巨大的頭顱，掃視眼前的森林。「艾爾帕確定刀鋒肯定會回來報仇。」

「艾爾帕說得沒錯。」幸運加緊腳步，走近費瑞身邊。「他不讓任何一隻狗單獨行動的決定是對的。」

費瑞減緩步伐，小跑步時，肌肉顯得緊繃。「我們現在得步步爲營。」他說，「這裡已經是狩獵區。」

擁有一半狼犬血統的艾爾帕堅持費瑞陪同幸運進行他榮登嶄新地位後的首度覓食。他十分明白團結力量大的道理，而非領袖對於他的不信任才為此安排。他與艾爾帕之間歷經這麼多事之後，對方若真關心起他，反而令他不自在，不過他倆之間似乎找到和平相處的平衡點。

只是暫時如此。幸運並不認為自己應該完全信任艾爾帕，但他認為自己不該跟費瑞分享這個內心的想法。費瑞是繼甜心之後，艾爾帕的貝塔，第三個握有權力的狗，向來對領袖忠心耿耿。

「幸運！」左側的草叢堆傳來興奮的喊叫聲，恬恬衝了出來。

「你跟上來了。」幸運開心說，「幹得好。」

小猛犬驕傲地抬頭挺胸。幸運對她感到既驕傲，卻又不安。雖然她年紀幼小，猛犬血統已展現在她那強有力的肌肉與光滑的毛皮，強壯的下顎長著銳利的牙齒。狗幫裡有些成員依舊對於這隻小猛犬很反感。**愚蠢的傢伙。恬恬將跟兔子一樣凶狠**。

「睜大你的眼睛，恬恬。」他輕聲對小狗耳提面命。「記得，我們要找的是隻白兔，達特發誓她在養兔場有看到。」

「為什麼一定得是白色？」恬恬緊皺眉。「我聞到這裡有許多獵物出沒。」幸運內心一沉，卻仍保持口氣愉悅。「艾爾帕堅持要替命名大會找隻雪白色的兔子。」

恬恬低下了頭，彷彿洩了氣般，「噢，是為了扭蛋與北鼻，我打賭肯定很有趣。」她的口吻轉為憤怒。「我對命名大會一無所知。」

「我也不知道呀。」幸運以鼻子蹭蹭她，逗她開心。「我從沒經歷過命名大會，恬恬。」

「真的嗎？」她抬起頭，似乎多了一些希望。

「真的。我甚至不記得怎麼得到自己的名字。只留有模糊的記憶……」幸運聳聳肩膀。「我記得有個年輕的小長爪，留著金色的頭髮像條尾巴。她當時陷入險境之中，我還記得狗媽媽對我的表現很滿意，聽見有長爪說著『幸運』，但就在我差點記起來時，記憶又轉眼間溜掉，宛如一隻鬼鬼祟祟的獵物。」

恬恬放聲大笑，發自內心的笑聲提醒幸運幼犬成長的速度有多快。「至少，不是只有我如此。」

「並非所有狗都經歷命名儀式。」幸運提醒，「想想栓鍊犬們。」

恬恬表情冷漠，嗤之以鼻地說，「他們只會把事情搞砸。」

可憐的恬恬，她雖然故作堅強，但我知道她多麼渴望能像其他狗那樣獲得一個象徵成年的狗名。幸運掩飾自己對艾爾帕的怒火，輕推著她。「你會有自己的命名，別擔心。」

「希望如此。」恬恬沉下臉。「艾爾帕為什麼現在不讓我有自己的名字？」

「我應該告訴你我名字的由來嗎？」費瑞放輕腳步走在幸運身邊。

「你繼續說。」幸運慶幸這時候能有個故事讓恬恬分心，就算跟名字的來由無關也行。

小猛犬對費瑞的故事洗耳恭聽。「你的乳名是什麼？」她問。

「蝸牛！」費瑞噗哧一笑。

「蝸牛？」恬恬不可置信望著他。

「是真的。」費瑞保證道，「我媽媽之所以叫我蝸牛是因為我太喜歡牠。我把所有的時間都花在尋找牠們的蹤影，將牠們翻轉，嗅聞牠們身上的殼。」

「呃。」恬恬冷不防打了個冷顫。

「噓，恬恬！」幸運輕聲責備她，儘管他自己也覺得費瑞的舉動好噁心。

「我太喜歡蝸牛了，偶爾還是會抓來解饞。」費瑞再度發出笑聲。「當然，我總不能一輩子都叫蝸牛。之後我的牙齒全長齊了，我便要求狗幫替我命名。」

「你怎麼選到這個名字？」恬恬問，聲音聽起來帶著忌妒。

「我知道自己身軀龐大，但是跑得很快。打從我開始學會跑，我就知道這一點。我奔跑的速度幾乎跟閃電一樣快。」費瑞笑著說，「當時我年輕氣盛，望著閃電在天空中宛如一道火光，就立刻選擇和火諧音很像的費瑞成爲自己的名字。你們難道不覺得這個名字很適合我？」

幸運表示同意，卻對費瑞明顯表現在外的驕傲感到好笑。「的確適合你。這是命名儀式的運作方式嗎？讓狗兒選擇自己想要成爲的對象？」

費瑞點點頭，「沒錯。名字集結了一隻狗的個性於一身，這是爲何名字如此重要。如何選對名字對一隻狗來說眞的很重要，影響了他的一生。」

「聽起來還不錯。」幸運輕聲說。

「我有同感。」恬恬一臉哀戚。

幸運舔舔她的耳朵表示同情。「我向來是隻獨行犬，從來沒有一隻狗幫教我選擇自己的名字。如果狗兒注定要跟狗幫一塊兒生活，那麼我認爲從狗幫中選擇一個値得自己學習的對象何嘗不好。」

「沒錯。」費瑞大表同意。「狗兒選定了自己的名字後，他或者她便成爲狗幫的一員。」他補充說明，對恬恬投以慈愛的目光。

「這比起長爪替我們命名更加合乎道理。」幸運嘴裡說著，內心卻感到一陣遺憾。

「更貼近常情。」費瑞表示同意。「你們瞧！在那兒！」

前方矮樹叢閃過一個影子。一個棕色模糊身影，並非白色，肯定是隻……

「兔子！」恬恬大喊著，準備衝上前去，追趕獵物，發出狂吠。

「恬恬！」幸運往前猛撲，立刻咬住她的背脊。「安靜！」

恬恬倏地止住腳步，抖落一地金黃色的樹葉。「噢。」

費瑞趕上他倆。「獵物還有很多，只要沒被你給嚇跑。」

恬恬垂下尾巴，滿臉歉意。「抱歉，幸運。抱歉，費瑞。」

幸運輕咬她的耳朵表示原諒。「別擔心。誰都會犯錯。」但他卻仍舊感到不安，毛髮直豎。長爪飼養猛犬為了攻擊，而非覓食。恬恬是隻善良的狗，卻缺乏天性賦予她的謹慎與狡猾，這點對她在狗幫的地位來說一點幫助也沒有。

幸運小心翼翼爬向前方糾結的樹枝。費瑞模仿他的動作，從左邊潛行前進，從反方向接近養兔場。獵物似乎已經提高警覺，儘管狗兒選擇下風處小心行動，其中幾隻兔子早已鑽進洞裡。其他兔子則以後腿站立，豎直長耳朵，皺起鼻子，狐疑地朝楓紅谷地中的空氣嗅聞。

這眞是再尋常不過了，就算是一隻技巧熟練的狗兒，也難以在兔子毫無警覺的情況下獵捕到他們。幸運在養兔場林間尋找費瑞的身影，他見到大狗的目光眨了一下，彷彿洞悉同伴的想法，費瑞信任幸運辦得到。**這便是狗幫生活的目的……**

幸運轉過頭，朝恬恬豎起一隻耳朵。她跟著指示蹲下身體，爬了過來，雙眼帶著渴望，尾巴只微微顫抖了一下。

「恬恬，你現在可以用盡所有的力氣。」幸運小聲對她說，「你的身形比起我們嬌小，這時候可以派上用場。」他很高興見到小狗臉上燃起光芒。「你假裝朝那頭的兔子洞攻擊。緊追在他們身後，開始掘洞。」

「只是裝樣子？」她偏斜著頭問。

「暫時而已，快去。」幸運朝養兔場的入口處點頭示意。「這回你可以儘可能發出噪音！」

恬恬興奮地發出吠叫，猛撲向兔子洞。兔子嚇得四散逃逸，有些急著往洞裡鑽進去，白色尾巴在洞口處扭啊扭，不過恬恬將心思放在幸運所指的巢穴。她發出劇烈狂吠，把頭探進兔子洞，下半身顫抖著，尾巴胡亂搖擺，前腿不斷抓耙著地面。

這一切彷彿在森林之犬的計畫中。從兔子洞到整個養兔場裡的兔子紛紛衝了出來，驚慌失措。林間空地的枯黃雜草間出現棕色條紋身影，幸運往前一撲，一陣猛咬，三兩下便解決了他們的性命，乾淨俐落。他伸出爪子朝一隻脫逃的兔子一抓，咬住他的脊椎骨；接著，喘了口氣之後，朝費瑞的方向張望。

三隻兔子從費瑞的鼻子下方竄出，不過他卻並未撲向他們。儘管緊繃的肌肉因爲得克制狩獵的本能而顫抖著，這隻大狗任由這幾隻兔子胡亂奔竄，其中一隻兔子因爲驚慌過度就在他的口鼻下方絆倒，但他仍控制自己不去獵食，壓低身子蹲伏在地，保持絕佳的防守位置。

「現在！」幸運發出警告，示意白色兔子從巢穴裡竄出。

費瑞迅速向前一撲，用他有力的牙齒一咬，小獵物脆弱的骨頭應聲斷落，血淋淋的白兔不久便虛軟的被費瑞咬在嘴裡。霎時，這尋常的血腥味帶來的振奮感意味著覓食成功。

突然，一陣不知從何而來的震顫傳遍他的全身。四周圍森林似乎變得靜止不動，白色兔子的屍體模糊了他的視線，以至於他動彈不得。費瑞偏斜著頭，一臉困惑盯著幸運瞧。

我是怎麼回事？我們成功了呀！「好身手，費瑞！」幸運搖搖身體，恍惚感逐漸消退。他抬起頭，尾巴高舉，緩步走向空地。

恬恬的身體一半還鑽進洞裡，隱約還可聽見她因爲追逐獵物過於興奮發出的高分貝吠叫。幸運鈍了一會兒，覺得好笑，輕推她顫抖的臀部。「好啦，你的任務達成了，恬恬。」

小猛犬往後扭動身軀，拔出髒兮兮的頭。她的耳朵高聳，下巴張得好大，伸長了舌頭舔去口鼻附近結塊的泥巴。

「眞是好玩極了！」她嚷嚷道。

「原來你玩得開心。」費瑞嘴咬著白色兔子冷冷地說，「你表現得很好。」

幸運緩緩搖著尾巴，嗅聞兔子毛茸茸的白色屍體。他的背脊再度發涼，但他轉身叼起自己獵捕到的獵物。

「來吧，恬恬。這些獵物不是你獵的，但你可以幫忙帶回去。」

「遵命，幸運！」恬恬開心地像隻小幼犬，一口咬住兩隻兔子。

當她離開空地之後，幸運再度回望費瑞殺害白兔的地點。白色的石頭上留有一灘深紅色的鮮血。他緊咬著嘴裡叼著的獵物。

這不過是一般尋常不過的獵食而已。那隻兔子並沒有什麼特別，除了他身上那令人震攝的白色毛皮。

第二章

回程路上，他們穿過周圍長滿荊棘與薊叢的低淺山谷，就連最小棵的樹木也在太陽之犬的映照之下，將影子投射至楓紅谷地。暫歇處就在前方不遠處，幸運絲毫沒有放鬆他的警戒心。

空氣冷寂的像要結霜，因此若出現任何動靜，幸運便會因此提高警覺。他停下腳步，望著一個金色的身影穿過樹叢的光禿枝椏間。

「貝拉。」他謹慎地向妹妹打招呼。

貝拉的表情尷尬望向費瑞與恬恬，她甩動身體，卻沒有移動步伐。「哈囉，幸運。」

幸運將嘴裡的兔子放置在地，然後對費瑞說：「我會趕上你們。」

費瑞轉過身，點點頭，示意恬恬跟上他的腳步。

幸運將注意力轉回貝拉的身上，她來回踱步，不敢直視他的眼睛。我的妹妹，他對自己說；然而，她卻似乎比起費瑞更令他感到陌生。不久前，她還打算爲了拴鍊犬的利益犧牲他。

最後，貝拉終於停止踱步，她的前腳抓扒著地面，爪子在乾躁的土地上留下一道抓痕。

「幸運。」她最後開口說，「我們還沒仔細談過，自從……」

「自從什麼？」幸運反駁，「拜託，貝拉。你不敢坦承自己做過的事？」

貝拉抬起長著金色毛髮的頭，頭一回堅定地望著自己的哥哥。幸運見到她如鯁在喉。

「自從我選擇加入艾爾帕的狗幫，棄你於不顧。」她壓低了聲音說，「還有聯合狐狸群發動攻擊之後，你我之間就沒有好好談過。」

「我是你的手足。」幸運不滿地說，「但我似乎只有被當作犧牲品的份。」

「噢，幸運。」貝拉的聲音充滿了痛苦，臀部緊緊夾住尾巴，上半身蹲伏在地。「你難道不能夠念在手足之情的份上？多少個夜裡我們彼此依偎在一起，緊貼在狗媽媽身邊相互取暖？」

幸運低聲道：「你以爲提到手足之情就會讓我忘掉你做過的一切？」

「不！我並不是這個用意，幸運。你難道不記得母親跟我們說過的那些故事嗎？」貝拉一對棕色的眼眸像在哀求他。「她告訴過我們狼群的事，不是嗎？**與狼群保持距離**，她常這麼說。**他們心腸很壞，你們得躲得遠遠的，孩子們！**我以爲擊敗那隻半狼半犬的艾爾帕是對的事，我將此視爲最重要的事。」

「呃……你被幼年聽來的故事嚇到背叛我。你是指這個意思嗎？」

「他只有一半狼的血統，不過模樣看起來像極了一隻狼，不是嗎？我以爲他威脅到我們的夥伴。其中包括你在內！」

「這是你要求我混進對方的狗幫當間諜的理由？」幸運大聲咆哮。「同時對我有所隱瞞？你保護我的方式眞是太奇怪了，貝拉。」

「我只想做對的事。我害怕你知道我們的計畫後會遭遇危險。」

幸運不屑地撇撇嘴角。「請問你現在身處在哪裡，我的好妹妹？你正跟這隻半狼半犬的傢伙一起生活！還有他的狗幫一塊兒！你不是得跟他們保持距離嗎？狗媽媽可不是這麼說的吧？你不能拿她說的話當作藉口。」

貝拉把身體壓得更低，她往前一挪，尾巴拍打在草地上，狀似哀求。她的下顎貼近地面，朝他眨眨眼睛。「我現在知道錯了，幸運。我無意要害你受傷，我的出發點並無惡意，卻鑄成大錯。」

她的雙眼盈滿淚水，耳朵下垂，一副可憐模樣。**她正在等我原諒她**，幸運心想，內心糾結。**問題是，我不能原諒她，還不到時候**。

「你認爲出發點沒有惡意可以當成藉口？」

貝拉突然起身，幸運一陣退縮。從前她那雙深邃的眼睛總帶著哀傷，如今卻閃著怒火：「別再繼續自憐了，幸運！」

「什麼？」幸運嚇得豎起耳朵，渾身僵硬。

「艾爾帕威脅要殺我這件事又怎麼說？」她怒不可遏，「沒錯，我是你的妹妹。你卻沒有替我做任何辯護！」

幸運內心感到羞愧，遮蓋了先前的怒火。**她說的沒錯。布魯諾挺身替貝拉說話，我卻沒有**。

幸運蹲坐著，望著他的妹妹。她臉上夾雜著憤怒與悔恨而痛苦不堪。

他回憶起再次與貝拉相遇的激動，還有她與倉促間成軍的狗幫如何擊退曾在長爪的購物商城內威脅過他的狐狸群，那再度重逢的喜悅，以及他決定與她和她的狗幫一塊兒生活的興奮之情。有誰想到事情會演變到今天這個局面？**我不希望我們之間充滿嫌隙**。

一陣氣味竄進幸運的鼻子，他望向保護著營地的濃密樹叢，見到細窄的尖臉龐一雙漆黑的雙眼。小猛犬全程目睹並聽見他們之間的談話。

「恬恬。」他叫喊道。

她遲疑地穿過樹叢，走向幸運與貝拉，尾巴低垂。向晚，楓紅谷地的陽光映照在她一身光滑的毛皮上，閃著古銅色的光芒，幸運不免感到惴惴不安，想起這隻小猛犬的前任艾爾帕，刀鋒。

不過這隻小猛犬謙卑的態度可一點也不像刀鋒。「抱歉，幸運。我不應該偷聽，只是擔心。」

幸運困惑地望了貝拉一眼，接著轉身對恬恬說，「看在地犬的份上，你有什麼好擔心的？你了解貝拉。」

「正是這樣，我擔心你跟貝拉傷了和氣。」恬恬蹲坐下來，雙耳低垂。「我希望能跟我的手足們團聚，你不知道你有多幸運。」

幸運內心湧現一股羞恥感。想當然耳她會這麼說，她與拉拉跟小牢騷分開，其中一隻死了，另外一隻則被凶猛的刀鋒帶走。

「眞是抱歉，恬恬。」他低聲說，「我沒有忘記你跟手足分開的事，只是我跟貝拉之間必須把話……」

恬恬抬起一對悲傷的眼睛。「你們應該感激還有彼此。」她顯得十分不自在，咕噥著說，「這是我的想法，就這樣。」

小猛犬起身，走回營地，尾巴下垂，肩膀提不起勁。幸運的內心翻攪，尾巴驕傲地拍打在地。恬恬展現了超乎年齡的智慧。

真希望艾爾帕能聽到他的這番話，他心想。**這番話證明她的性情溫和**。

貝拉發出輕聲，最後幸運望著她的眼睛。他見到那對眼睛裡的痛苦，不禁感到熟悉。**恬恬說的沒錯，我們倆現在心情低落，但是……**

就在他想要對妹妹說些安慰話時，天空突然迸出震耳欲聾的聲響，一道光芒劃破天空。兄妹倆同時抬頭感到十分震驚，完全忘記先前的爭執。頭頂的天空一陣烏雲密佈，看起來像要毀滅全世界。

「閃電！」貝拉大喊。「他發怒了！」

「我們必須找地方掩護。」幸運大喊。

他張嘴叼起兔子，接著越過豆大雨水打濕的地面。閃電再次發出震怒，他的怒吼聲搖撼著整片天空。

「幸運！」貝拉驚嚇得大聲呼喊。

「快！往這邊走！」幸運見到一處沙地河岸，儘管潮濕，但比起小峽谷更加靠近他們所在的位置，而且安全。他準備跳往沙地上，最後一刻瞥見原本踩在他腳下有個漆黑的小洞。通常這樣的小洞意味著……

有獾！牠帶著恐懼與憤怒從窩巢探出頭。貝拉還在後頭。只見這隻小傢伙轉而面對她，跳到她的背上。幸運見到這隻臉上有著一對凶狠的圓眼，以及寬闊白色條紋的動物朝貝拉的脖子一咬，把長爪子往她的肩膀一抓，她痛苦且震驚地發出喊叫。

幸運再度鬆開嘴裡的兔子，從沙岸回頭伸出腳爪，將獾朝後一拉，不過小傢伙倏地轉身，把利爪朝幸運的口鼻用力一揮。幸運立刻覺得臉龐出現灼熱的刺痛感，發狂似地搖晃他的頭，這隻兇猛的動物卻緊抓不放，露出牠的小尖牙，發出凶猛的咆哮。

閃電再度在沙岸閃著白色光芒。這隻獾受到驚嚇，終於鬆開利爪，幸運立刻向後跳開。獾一個踉蹌，向後翻滾，貝拉見狀往前一撲，將對方的尾巴壓制在沙岸上。幸運的尖牙朝牠背部銀灰色的條紋部位猛力一咬，在對方使勁扭動身體時制服住他。

他的胸口疼痛，口鼻像遭針刺，又熱又痛，他將全身重量都壓在獾上。**我可不能被牠咬到**！他曾見識過他們的厲害，知道他們會抵抗至最後一刻。

閃電再度劈裂，天空烏雲密佈。閃電發光時，伴隨著一股氣味出現，燒灼幸運的鼻子，熟悉的氣味令他不由得感到恐懼。

天空就要降下雨水，他心想。前一個營地，天空降下的酸雨燒灼我們身上的毛皮！

他的內心一陣恐懼，抬頭望向天空。遭到制伏的獾逮到機會，立即掙脫，躲過貝拉的攻擊。牠怒不可遏伸出長長利爪朝幸運的身體一抓。

幸運一開始並不覺得痛，之後，大雨滂沱而下，黑色的小碎片落在他溽濕的身上，伴隨著雨水汩汩流進傷口。雨水燒灼肉體的痛楚比起獾的利爪造成的抓痕還要痛苦，他的身上有如刀割一般，痛楚侵蝕進他的骨頭。

感到既痛苦又憤怒的幸運兇猛地轉身面對著獾，下顎緊咬住對方的脖子，奮力甩動，最後將牠摔落在地，只見這隻獾癱軟在地，溽濕一團。

「牠死了，幸運！」貝拉氣喘吁吁，蹲伏在地，渾身發顫。

「貝拉，你沒事吧？」幸運上氣不接下氣，緊張地在她身上嗅聞著。

「我沒事。」貝拉蹣跚起身，甩去身上的雨水。「但你受傷了！」

燒灼肉體的酸雨逐漸緩和，間歇落著，幾個黑色小碎片在冷風中飛舞，幸運傷口的灼熱感依舊不減。他嗅聞著身上的傷口，嘗試舔舐它，只不過舌尖嘗到的辛辣與灰燼味道令他忍不住打個哆嗦。

「我沒事，不過是皮肉傷，倒是雨水加速傷口刺痛。」

幸運抬頭望著烏雲逐漸散去，如今徒留遠方山巔籠罩著一抹烏雲。狗幫並沒有脫離酸雨的侵襲，這成了他們必須繼續趕路的原因。他們必須遠離污染這片土地的毒害物。這塊山谷的暫歇地並沒有比較安全。自從大咆哮摧毀了城市與家園之後，群狗便踏上無止盡的旅程，與帶著一半狼的血統的狗共組嶄新的狗幫，對抗猛犬。

這一切何時才能結束？幸運納悶。他突然想起離開狗幫的瘸腿狗崔奇，幸運以為他向來獨來獨往，但他卻覺得遭到狗幫遺棄。這段日子，他如何存活？

「你救了我一命。」貝拉輕聲說，「謝謝你。」

幸運舔舔下顎，甩動身體。面對這一切改變，他依舊懷抱希望。「也許，天犬是在告訴我們生命太過脆弱，沒必要執著在彼此間的嫌隙。」

貝拉的前腿往前一撲，幸運蹭蹭她的脖子。恬恬說得對，他們很幸運擁有彼此。不管貝拉做錯什麼，或者他有多麼氣惱，他不能置她於不顧。

「走吧。」他啞著聲音說，「我們回去營地吧。把剛才發生的一切告訴大夥，還有儀式等著舉行呢。」

「我們已經遲到了。」貝拉欣然同意，跟著幸運攀上沙岸。「希望艾爾帕可以諒解獾這傢伙不好惹。」

「不論他能否諒解，我都必須找他談談。」幸運喃喃說著，「他必須做幾個重大的決定。」他與貝拉叼起他們之間的兔子，動身離開。

太陽之犬在遠方的山頭替他們在返回營地的昏黃光線中，留了幾道微光。幸運來到樹叢邊緣，停下腳步，嗅聞空氣，感到吃驚。

「是幼犬的氣味。」幸運目光掃視著林間空地。「你聞到了嗎？」

她張大了鼻孔。「的確，這氣味很新鮮，像是暴雨之後才留下的？」

幸運點點頭。「不管是誰，看樣子才剛經過這裡。」

「會是恬恬嗎？」貝拉並不確定。

「不是，我很清楚她身上的味道，並不是這個。」幸運一臉狐疑瞇起眼。

「這氣味應該不是來自我們狗幫的幼犬。」

「來了。」貝拉朝眼前的小猛犬豎起耳朵，她焦急地守候在營地外盼著。

「你在這裡做什麼？」他們走上前時，幸運問。

「我很擔心。」恬恬向前迎接，「我得折回來確定你們平安沒事。」

「我們很好。」幸運對她說，「不過是閃電突然造訪。」

恬恬卻一臉焦急。「沒遭遇別的動物嗎？」她目光在森林以及突出的岩石間來回掃視。「妳們沒見到其他動物？」

「只有一隻大獾！」貝拉張牙舞爪說著。「不過我們擊敗了牠。是吧，幸運？」

幸運對她倆的行爲一頭霧水，他不知該對貝拉突然展現的自信，或是恬恬表現的關懷作何反應。小猛犬從何得知他們會遭遇其他動物，她的目光爲何落在他們身後的土地？

幸運蹭蹭她的耳朵，他們三個一塊兒朝營地的方向前進。「我在那地方聞到一個味道。」他告訴恬恬，留意她的反應。「一隻小狗剛經過這附近。這個氣味很陌生，並非來自我們的狗幫。你有發現任何動靜嗎？」

「沒有。這地方怎會出現陌生小狗？」恬恬的臉部肌肉扭曲，她舔著下巴。幸運皺著眉頭，但她卻不敢直視他的目光。「噢，我想春天在叫我！」她衝向樹叢下方正在休憩的一小群狗。

幸運遲疑了一會兒，望著她。他完全沒聽見春天在叫喚恬恬，他甚至沒見到恬恬所指的方向有任何棕黑犬的蹤影。

那隻陌生幼犬的氣味令他的脖子感到一陣刺痛。恬恬似乎急著逃避他的問題。**事有蹊蹺**，他心想。**我得查個明白**。

第三章

「怎麼去了那麼久？」

幸運轉身，與艾爾帕那對銳利的黃色眼睛四目相接，他的眼神充滿敵意，打量著幸運。他深吸一口氣，步向那隻趴躺在小土丘的狼犬，最後一道光線仍停留於此，他與聚集在巢穴的小團體相隔一段距離。氣溫降得很快，冷空氣凝結的水氣穿過拉長的影子投射其上的草叢。幸運忍不住打了一個寒顫。

艾爾帕壓低嗓門說：「費瑞早就帶白兔回來，你去哪了？」

「抱歉耽擱了些時間，艾爾帕。」幸運試著保持平靜。「我停下來跟貝拉交談。我們之間……有事討論。我還聞到了不尋常……」

「夠了！」艾爾帕發出咆哮。「我不是說得很清楚，城市佬！沒有誰可以冒險離開營地，包括逗留與談話，更何況整個狗幫都在等你！」

幸運感到惱火。「事情不是這樣……」

「刀鋒的狗幫就在附近，你爲何擅自離開？他們正準備獵殺我們，幸運，除非我們偷偷行動，否則他們肯定可以找到我們的下落。」艾爾帕的雙眼突然睜得好大，因爲他瞥見幸運身上帶著傷。「怎麼回事？你遭受攻擊？這是刀鋒所爲嗎……」大狼犬渾身僵硬，大聲咆哮。

「不！」幸運趕緊制止，接著低頭表達歉意。「艾爾帕，這不是刀鋒所爲。她目前仍不見蹤影。我身上的傷是獾造成的，如此而已。」

艾爾帕噘嘴。「你因爲遇上獾才耽擱？眞可悲，這場衝突沒必要發生！」

「不是這樣。」幸運口氣堅定。「更令我擔心的是又落下了酸雨。」

艾爾帕豎起耳朵。「你確定？我們沒見到酸雨。」

「黑色碎片被吹走了，它刺痛我的傷口。我們並沒有脫離危險。」

這是頭一回，艾爾帕看起來躊躇猶豫，他的頸背壓低，怒火消退。「這麼說我們得繼續趕路。」他喃喃說著，不一會兒雙眼再度出現光芒。「命名儀式結束後再走，沒有任何一件事可以阻擋它的進行。」

扭蛋與北鼻聽見這番話，突然往回一跳，在一堆落葉間停住。他倆似乎遺忘狼犬凶狠的面孔，興奮高喊，「艾爾帕，時候到了嗎？」

幸運注意到恬恬在興奮的兩隻幼犬身後來回踱步。她豎起兩隻耳朵，一雙眼睛充滿期待，幸運見到她如此渴望的模樣不禁感到心疼。

不，他心想，**今天晚上的命名儀式不包括你在內，恬恬**。不僅因爲她的年紀比費瑞跟月亮的幼子還輕，外加她的猛犬身分。每隻狗都知道艾爾帕根本不希望狗幫收留任何一隻猛犬。今天晚上的命名儀式不僅不包括她在內，看來永遠都不會有。**除非我幫她一把**。

但他想不出要怎麼幫。此時，甜心正在下令集結眾狗。拴鏈犬與荒野狗幫成員全都聽命集合。溫和的農場犬麥基正與史奈普快步前進，身材魁梧的布魯諾加入棕黑獵犬春天的行列，站在空地中央，顯然刻意站在她的身旁。

儘管拴鏈犬們依舊喜歡彼此作伴，毫無疑問，他們偶爾還是很懷念與失散的主人們在一起相處的時光。幸運很高興見到他們如今能夠自在與荒野狗幫成員在一起。棕黑獵犬達特仍與拴鏈犬保持距離，不過態度還算和善。不論所有成員都不喜歡扁鼻子狗懷恩，倒是陽光很樂意站在他身旁與他友善交談。深諳水性的瑪莎則歡喜地與荒野狗幫成員月亮談天，一起分享與生俱來的本能教會她們的本領。小黛西衝向費瑞身邊向他問好，完全不怕他巨大的身軀。拴鏈犬同伴們已經打入荒野狗幫的生活圈，幸運滿心喜悅。

狗幫成員走向獵物堆，不帶任何倦容也不見任何疏懶的步伐。每隻狗總是歡喜迎接分食的這一刻，只是今晚的氣氛更加熱絡。月亮之犬尚未帶著滿月升上地平線，不過大家皆滿心期待著這一刻到來，他們豎起耳朵，兩隻眼睛炯炯有神。幸運尾巴搖擺著，伸長了舌頭，他聞到興奮的氣味。

我同樣懷抱著興奮之情，幸運心想，**儘管我替恬恬感到遺憾，卻十分期待命名儀式進行！**

就連今天晚上的分食活動也顯得格外不同，嚴格紀律在興奮之情籠罩之下略顯鬆散。衆狗開心地彼此交談，只有在甜心的目光發出警告時，才稍微安靜些。奇怪的是，艾爾帕竟然容忍狗幫成員小小的失序，只是瞇起一雙黃色的眼眸，望著衆狗。

「春天，還沒輪到你！」

「抱歉，甜心！」棕黑犬回答。「懷恩，嘿！別以爲你可以神不知鬼不覺。」

「沒錯。」達特透露著輕鬆口吻。「你現在還不是老大，懷恩。」

「月亮之犬什麼時候才醒啊？」北鼻掩不住內心的期待。她不斷搖擺著尾巴，舔著扭蛋的臉龐。

「不會太久，耐心點！」甜心儘管口氣嚴厲，卻不見任何責備之意。

「甜心吃完前，不准碰任何食物。」艾爾帕拍打著幼犬，不過力道很輕，輕得像在撫觸她的毛髮。

命名儀式肯定很盛大，幸運心想，**就連艾爾帕今晚也顯得格外輕鬆**。

眾狗依次享用餐點，興奮似乎已掩蓋過食慾。幸運的胃口比往常還小，一心盼望著儀式快點進行。一道陰影朝他靠近，幸運抬頭發現是瑪莎，臉上的表情參雜著好奇與困惑。她伸出其中一隻腳蹼，輕咬著腳爪。

「真不明白這個儀式的意義。」她小聲對幸運說，「有必要小題大作嗎？我自己從未經歷過什麼命名儀式，我的手足們也沒有。但我們不都有名字！」

「我也一樣想不通。」黛西感到納悶，白色小梗犬擠進幸運與瑪莎之間，幸運留意到陽光從左側鑽進來。顯然，拴鏈犬們紛紛前來找幸運打探原因。**他們過著受主人照顧的日子**，幸運提醒自己。**有時，我幾乎忘了他們的世界有多小，就連現在也是**。

「費瑞向我解釋了些。」幸運對他們說，「他們必須選擇自己所屬的名字，不像你們是由長爪命名。一等到狗兒的後排牙齒長出來，他就可以自己挑選適合的名字。」

陽光抬起頭，柔細的毛髮在月光映照之下閃閃發光。幸運清楚她必須比其他狗更加有耐性，她現在身處歐米茄的位階，這意味她必須輪到最後一個才能享用食物。他很高興見到小狗似乎不怎麼介意這點，今天晚上留有肥美多汁的兔肉供她享用。顯然，所有狗都期待著儀式快點進行。

「我很慶幸自己不必經歷命名儀式。」陽光輕聲說，「太嚴肅了，我喜歡主人替我取名，我覺得這個名字很適合我，比我自己選的還棒。」

「你的名字很適合你，陽光。」幸運開心地說。陽光難道並沒有意識到「她的」主人不再陪伴身邊，她現在跟著狗幫過生活？

她現在已經不再是那隻被寵壞、供玩賞用的小狗，或許直到她投入地犬懷抱前，嘴裡仍把長爪稱作「她的」主人，似乎是難以戒除的習慣。

「將白兔帶上來！」艾爾帕的命令中斷了幸運的思緒。

「那是我的工作！」陽光一個轉身衝往懷恩身邊，對於自己能夠扮演這個重要的角色感到興奮。不一會兒，前任跟現任歐米茄一塊兒步出矮樹叢，嘴裡一道咬著白兔的屍體。他倆小心翼翼將白兔擺放在艾爾帕面前的一塊扁平石頭上。他們轉身離開時，陽光的尾巴驕傲地高高翹起，幸運不由得注意到懷恩望著她的表情。扁鼻子狗一臉嫌惡。

「他怎麼回事？」恬恬走到幸運身邊小聲問。

「安靜。」幸運警告她。「命名儀式即將開始。」此外，他實在不想要多費唇舌向她解釋前任歐米茄爲何帶著怨恨。即使這隻卑劣的小狗也已經得到他想要的階級，懷恩顯然仍對幸運十分不滿。

但這是他的問題，不是我的。

艾爾帕肯定也留意到懷恩臉上的表情，因爲這隻狼犬正怒視著他。「懷恩！陽光！你們的工作告一段落，退到成員後面去。」

陽光立即遵從指令，知道自己所處的位置何在。但懷恩卻噘起嘴，擠壓著左邊眼睛。**這種狗想要抵抗卻膽小的要命**，幸運心想。

懷恩回到看門犬的位置，臉上帶著既憤怒又羞辱的表情。這回，他避開了幸運的目光。

他依舊是個麻煩嗎？幸運甩開這個想法，把注意力放在艾爾帕跟甜心身上。站在領袖身旁的快腿犬一身優雅與愼重。

艾爾帕上前一步，走到兔子屍體面前。「史奈普，春天，上前來。」

兩隻狗顯然知道自己該怎麼動作，分別將前爪置於兔子身上：春天將前爪置於兔子的前腳，史奈普則將前爪置於兔子長長的後腿上。艾爾帕則把自己的大腳掌置於兔子頭頂，緊緊壓住，接著，將另一隻腳掌高舉在兔子的屍體上方。他奮力將舉高的腳掌用力下壓，爪子精準地嵌進兔子的喉嚨，將兔子從喉嚨到腹部劃開，然後露出尖牙，用力咬碎兔子的頸部。

艾爾帕輕輕將兔子完整無缺地皮肉分離，然後將白色毛皮平鋪在石頭上。甜心走上前，拿起剩餘的殘骸丟往一旁。幸運嚥了嚥口水。他從未見過兔子被剝去外皮的模樣，這與他們啃食兔肉，撕咬兔子的方式很不同。

幸運發現狗幫所有成員皆屏息以待。灰色石板上頭，沾了血的兔毛，在升起的月亮之犬映照之下，發出鬼魅般的光芒。

「扭蛋。北鼻。」艾爾帕跟往常一樣下達命令，聲音卻帶著些驕傲。「在獻祭給月神的毛皮前就定位。」

兩隻幼犬緊張地步上前，幸運發現他倆渾身不停顫抖。北鼻率先跳上石頭，接著是扭蛋，他兩渾身僵硬坐在白色毛皮上。北鼻不安地嗅聞著毛皮。

「沒啥好擔心的，小傢伙。」艾爾帕輕聲說，幸運從未聽過狼犬發出撫慰的聲音。「你們現在闔上眼睛，把臉朝向月亮之犬。此刻，她正高掛天空，展現你們的身分。」

艾爾帕環顧四周，要大夥安靜。他望著每一對虔誠的雙眼，接著把頭緩緩向後仰，對著夜空，發出響亮的長嗥。

狗幫成員一隻隻跟著加入嗥叫的行列。每個聲音與令人毛骨悚然的迴音相互激盪，在山壁、林間與峽谷間彼此碰撞。輪到幸運，他的嗥叫聲宛如發自內心與體內深處，與其他成員的叫聲此起彼落迴盪著。傾刻間，所有的聲音彷彿融合一塊兒，不斷放大，直到成爲夜裡一個巨大的聲響。

幸運感到毛骨悚然，嗥叫聲宛如一道音波自體內湧現，淹沒所有的思緒。他總能在大嗥叫時確認自己隸屬於狗幫，以及加入狗幫的意義，今晚這份歸屬感卻特別深刻。他睜開眼，望著月亮之犬散發的銀色光芒，就在他凝望眼前此景這一刻，薄薄的雲朵掠過她的臉龐，衆狗們冷不防一個哆嗦。大夥全都陷入一道陰影之中，除了北鼻與扭蛋。他倆怔住不動，敬畏萬分，端坐在白色的兔毛上，淡淡的月光映照在他們身上。

除了幸運，一旁的黛西也同樣激動。「月亮之犬彷彿收到訊息。」

幸運並沒有要她安靜，他也有同感。以往每當他在夜裡祈求月亮之犬賜予好夢，總覺得跟一般的祈禱並沒有不同。月亮之犬如何聽見他的祈願？今晚，他卻深信她聽見了這集體的嗥叫聲，領會其中的重要意涵。

「我想你說得對，黛西。」他喃喃地說。

嗥叫聲止息，接著陷入一陣緘默。艾爾帕低頭望著兩隻幼犬。

「你們選定了什麼名字？」他輕聲問，聲音再清楚不過。

扭蛋睜開原本緊閉的雙眼，眼睛散發銀色光芒。「我要叫……」他停頓了一會兒。石頭旁邊出現動靜，一道黑影倏地鑽進縫隙，消失。扭蛋發出大而清楚的聲音。「我要叫甲蟲。」他大聲宣告，「速度快，難以被發現！還有堅硬的外殼！」

站在幸運身後的達特噗哧一笑，不過在場其他狗紛紛表示贊同。

嗯，幸運心想。**呃，真特別。甲蟲，他要以此當做自己的名字……**

坐在哥哥旁邊的北鼻也張開她的眼睛。她表現得十分平靜，並未環顧四周尋求靈感。她的聲音微微顫抖，卻十分堅定。「我想了很久。」她羞怯地抬起頭望著艾爾帕的黃色眼睛。「我要叫做荊棘，既尖銳又致命。」

艾爾帕低聲咕噥表示同意，不過幸運卻吃驚地往前豎起耳朵。

我從不認為北鼻有致命危險！他心想。或許，他們選擇的是自己嚮往的結果，而非目前的狀態……或許北鼻想要成爲狠角色，這點很難從她的目光看出。他不禁納悶她會成爲什麼樣的狗？

「這名字選的好。」他小聲對貝拉說。

「是啊。」貝拉似乎有點心不在焉。「我們不都害怕荊棘？」

「不過它也是狗幫的絕佳保護屏障。」幸運指出。

「嗯……」貝拉點點頭，顯然若有所思。

「怎麼回事？」幸運小聲問。

「我只是納悶自己會選擇什麼名字？」貝拉皺起鼻子思考著。「如果眞有選擇的機會，我從不認爲自己後悔成爲拴鏈犬……」

「你說過貝拉有美麗的意思。」幸運蹭蹭妹妹提醒她。「這是個好名字，很適合你。」

貝拉難過地斜睨著他。「謝謝你，幸運。」但她依舊有些悲傷。

幸運原本想說點什麼安慰妹妹，不知誰輕碰了他的身體一下。是恬恬，她想要取得絕佳的位置，觀看兩隻幼犬的命名儀式。她一臉吃驚地睜大了眼睛。

「將來我也要有自己的新名字，幸運。」她小聲說。

幸運不禁感到內心糾結。恬恬一直很喜歡他跟麥基解救她跟弟弟時，麥基替她取的乳名，不過狗總得向前看。幼小的恬恬終將長成一隻優秀的成犬，擁有一個合適的名字。「你會的。」他輕聲說，「你想要替自己取什麼名字？」

恬恬搖搖頭。「我還不能夠告訴你。」她賣了個關子。「我誰都不能透露，除非等到我自己的命名儀式，月亮之犬會給我靈感。」

幸運不禁替恬恬感到高興，儘管她擁有猛犬的血統，卻如此善良又溫馴。想想竟還有其他成員懷疑她待在狗幫的合理性！幸運不禁替她打抱不平。**她當然可以留下來，**他心想，**除了今晚，還有其他夜晚……**

「艾爾帕。」幸運開口說，他將恬恬輕推向前，直到他倆站在其他成員之前，「恬恬何時可以舉行自己的命名儀式？」

艾爾帕繞著他們打轉。恬恬直挺挺站著，卻感到不甚確定，尾巴夾在兩腿之間。幸運挑釁地望著艾爾帕。

不過艾爾帕並未理會幸運的挑釁。「返回你的位置，小傢伙！」他斥責恬恬。「命名儀式已經結束，現在不是時候。」

幸運張嘴想要反駁，卻發現自己啞口無言。恬恬縮回身子，緊挨著幸運，他明白時機已過。

擁有了新名字的荊棘與甲蟲躍下石頭，狗幫成員們舔著他倆的頭，向他們道賀。費瑞與月亮站在幼犬身邊，驕傲地搖擺著尾巴，洋溢著幸福的喜悅。特別是費瑞感到格外高興，他的深色雙眸閃著光芒望著甲蟲。

幸運見到眾狗之外，陽光取走被當成祭品的兔子毛皮，將它埋進厚厚的土堆之下。他吃驚地猛眨著眼睛。

春天見到他臉上的表情，走到了他的身邊停留一會兒。「我們不吃白兔。」她默默說著。「我們將它當作是月亮之犬與地犬的獻禮，請他們允諾幼犬的選擇。」接著，她前往荊棘身旁，用力仔細地舔著她的耳朵。

幸運真希望能夠加入眾狗的行列歡喜慶祝，但是他實在替恬恬感到遺憾。她緊挨在他的身旁，如此嬌小，遭受遺忘。

「你耐心等著，恬恬。」他伸長舌頭舔著她，給她安慰。

就在此時，另一道雲朵掠過月亮之犬的臉龐，林間空地陷入一片漆黑。宛如宣告儀式結束，狗幫最後一次響起此起彼落的嗥叫聲。不論遠近，更多狗兒加入嗥叫的行列……

幸運怔住不動，耳朵與寒毛豎起。這嗥叫聲並非發自我們的狗幫！他與艾爾帕四目相交，心涼了半截。

「安靜！」狼犬大聲咆哮。四周立刻安靜下來。

從喉嚨傳出的嗥叫聲此時聽起來不像來自遠方，而是從林間傳來，令人不寒而慄，聲音充滿威脅。

「是猛犬。」陽光大喊。

艾爾帕立刻從扁平石頭一躍而起，露出凶狠的尖牙。「聽著。」他發出咆哮，依次望向狗幫成員的眼睛。「這群狗尚未發動攻擊。今天晚上我們安全無虞，不過對方近在咫尺，我們不宜在此地久留。你們各自休息去，千萬別離開營地，不管任何理由。」他憤怒地齜牙咧嘴，不過幸運從他的聲音裡聽見了挫敗。「明天，我們將啓程尋找新營地。」

大夥只敢小聲發出不滿的聲響，不過迅速在艾爾帕的逼視中安靜下來。在場所有狗幫成員，包括幸運在內，都知道不可忤逆狗老大的意思。

幸運帶著沉重的心情，前往休憩的位置，見到眼前閃過一道嬌小的黑影而停下來。幸運在驚訝中立刻認出對方是懷恩。這隻小狗甩著頭，態度輕蔑地露齒而笑。

「還喜歡我們的小傳統嗎，街頭佬？」他抬起那張醜陋的臉龐。「想當然，你會感到新鮮，不是嗎？你從沒有過一個像樣的名字。這說明你無法徹底融入狗幫成為其中一員。」

幸運怒火中燒眼見就要爆發開來，啃咬懷恩的耳朵，貝拉適時擋在他倆中間。她朝眼前這隻前任歐米茄大聲咆哮。「你不認爲幸運這名字取得好嗎？這顯示你究竟有多無知，不知道他這個名字的由來！」

她與懷恩傾刻間怒目相視，接著，他一臉鄙夷撇過頭，離開。

「謝謝。」幸運向妹妹道謝。「我很高興聽見你說的這番話，就算撒謊都好。」

「這話發自內心。」貝拉朝前豎起一隻耳朵，一臉困惑。「你難道不記得？你是如何在長爪的住處得到現在這個名字？這個名字不是他們幫你取的，是你自己從他們的字裡行間挑選出來的！」

幸運站在原地，感到迷失。貝拉這番話再次煽動他的記憶，他記起了小長爪，還有燒焦的氣味，當回憶悄悄溜走，他甩動身體，鬆了一口氣。他的本能告訴他別再繼續挖掘下去，他很高興自己聽從意見。

「該睡了。」他打著哈欠。「其他狗也許還想繼續慶祝，但我只想要回到我的小窩巢。走吧，恬恬。」他輕推著幼犬。「你肯定也累了。」

這一天發生許多事，多到他無法繼續思考。

他倆緩緩步向小窩巢，砰地倒臥下來，伴著月光入眠。恬恬暖和地依偎在幸運身旁，不久，便隨著呼吸的起伏進入夢鄉。小狗想必做著追逐獵物的美夢，小爪子抽動著，小聲發出呼聲。

今晚毋須追逐，幸運在心裡對她說。**好好休息，小傢伙。**

第四章

幸運在黑暗中顫抖著身體驚醒。殘留的夢境宛如蛻變的外殼褪去，尖銳的冰柱，在冰雪中旋轉，眾狗們彼此扭打似乎永無止盡。

雷霆之犬……他做著與大咆哮發生之後同樣的夢。

寒風刺骨的感覺十分真實。他躺臥在樹葉與青苔鋪成的舒適窩巢中聽見風在林間呼嘯，宛如低語般吹拂在他的身上。他起身，抖抖身體。

身旁的臥鋪空盪盪，睡在他身旁的恬恬不知去向。她的身體留下的溫度也跟著消退。**恬恬去哪兒了**？

幸運蹲伏上半身，爬出樹叢，然後站起身，伸展四肢。魯莽的幼犬想必並未離開太遠。尤其是大半夜，猛犬的嗥叫聲如此接近，狗幫所有成員也都聽見。應該就在不遠？

害怕恬恬帶給他過度驚嚇，幸運躡手躡腳離開營地，小心不去碰觸睡著的艾爾帕。狼犬攤開四肢睡著，熟睡中的他嘴角流淌著唾沫，巨大的蹼爪在夢中抽動著。幸運的心臟噗通噗通跳著，如果恬恬就在這裡，他必須找到她，愈快愈好，問題是空地的大臥鋪不見她的蹤影。如果艾爾帕醒來，發現她不見蹤影，肯定將她逐出狗幫。沒有一隻狗允許忤逆領袖的命令，更別說恬恬原本就不受歡迎。

為何這麼做，恬恬？爲什麼偏偏挑今天晚上失蹤？就算他滿腹疑問，幸運也猜得到原因。遭踢除命名儀式想必對恬恬的傷害很大。

你這個蠢傢伙——艾爾帕終究會改變立場！他很快就會明白你對狗幫的價值。

不過幸運得先找到她才行。猶豫了一會兒之後，他走往營地的邊界。這一刻，他也違背了命令。他默默嗅聞著空氣，走往森林邊緣鋪著乾燥落葉的區域，踩踏樹葉時，試著不發出聲響。空氣凝結成冰霜，透過呼出的熱氣，他嗅聞到了先前聞到的另外一隻陌生幼犬氣味。氣味並未完全退去，幸運皺起眉頭。這是恬恬的氣味嗎？他應該不致於分辨不出來？

他站在沙岸邊緣，佇立不動。恬恬之前就是在這裡等候他跟貝拉，因此他應該先試試這裡。

可以確定的是，當幸運滑下沙岸，來到另一頭的空地，他見到一個黑影在移動。月亮之犬此時掛在低矮的天空，並未像剛才在命名儀式中那般皎潔明亮，但在結冰的空氣中出現了恬恬的身影。幸運鬆了一口氣。

恬恬不知在拉扯什麼，她彎下前腿，拉高背脊，幸運正要開口叫喚她，只見一個嬌小、漆黑的身軀從矮樹叢中鑽出。是另一隻幼犬！恬恬爲了爭奪樹枝正在跟他打鬧。寒冷的空氣中可以清楚聽見他倆發出的嬉鬧聲。

幸運走上前，驚訝地止住腳步。**小牢騷！**

他是恬恬的手足，刀鋒來跟艾爾帕要回小猛犬時，他自願跟隨離開。小牢騷似乎改變不少。幸運嗅聞到他身上的氣味出現不同：變得冷酷。這隻幼犬身上帶著攻擊意味極濃的味道，難怪幸運並未認出是他。

幸運突然感到一陣惱火。小牢騷是唯一願意跟隨刀鋒離開的猛犬，就算她殺害了他的另一名手足拉拉之後，他仍沒有改變心意。小牢騷眞有猛犬的一身傲骨！

恬恬呢？幸運以自身的性命與名聲當作擔保，要求艾爾帕讓恬恬留在狗幫裡，她卻背地裡跟她的兄弟見面。幸運繃緊肌肉，躍下陡坡，跨過樹洞，出現在幼犬面前。

恬恬吃驚大叫，說時遲那時快，幸運將他倆一推，腳掌分別踩在幼犬的肚子上，把他們壓制在地。他們仰躺在地，盯著他，驚訝萬分。

幸運與麥基當初見到他們時，小傢伙們多麼虛弱無助，如今卻已經長大不少。小牢騷回過神後，不斷扭動身子叫喊，一旁的恬恬則是奮力抵抗，不一會兒，他倆便安靜下來。

小牢騷的眼神充滿怒火與不滿。幸運清楚記得他挑釁巨毛怪危及手足性命的事。他倆可以聯手對抗幸運，但是他們清楚知道無法光憑蠻力就擊敗他。**我是恬恬的監護者**，幸運心想，**比起小牢騷的位階高，他本能知道要服從**。他發現自己慶幸活在嚴密的階級制度，這是狗兒的生存之道。

幼犬們安靜下來後，幸運知道他們接受了他的管束。最後，他朝後一退，鬆開他倆，蹲坐下來。「這是怎麼回事？」

恬恬立刻以前腳爬向前，小牢騷緊跟在後。只不過小公犬齜牙咧嘴，背脊高聳，採取攻擊姿勢。

「昨天聞到的幼犬氣味是小牢騷，不是嗎？」幸運質問恬恬。

她難過地點點頭。「沒錯，我很抱歉，幸運。我忍不住到這兒來，我做了一個夢……」

幸運感到不可置信。「一個夢？」

「是的。」她望著他的眼睛顯得自信多了。「別問我是怎麼辦到的，幸運，但我知道如果前往這裡就會找到小牢騷。這是夢境告訴我的。」

幸運對她眨眨眼睛，不知作何反應。這會不會是她的謊言？捏造故事，爲了脫罪？**不過我自己也做了奇怪的夢**。他記起在空中飛舞的冰柱，以及望著雷霆之犬發怒，內心感受到的顫慄，冰封的地面佈滿血跡……

但這是兩碼事，恬恬的夢境指引她怎麼做！

「她說的是眞的。」小牢騷氣憤解釋。「我也做了同樣的夢。我溜出自己的狗幫，她爲什麼不可以？」

幼犬的挑釁令幸運感到惱火，痛苦的記憶盤旋腦海：羞怯、脆弱的拉拉多麼想要跟隨幸運留在艾爾帕的狗幫。他卻令拉拉失望，他們全都如此。現在他卻……

「拉拉已經死了。」幸運憤怒地轉身望向恬恬。「你難道忘了他是怎麼死的？小牢騷也脫不了關係。有些狗最好寧可不相識，恬恬，就算他們是你的至親手足。」

小牢騷步上前，齜牙咧嘴，尾巴顫抖著。「我沒有殺死自己的弟弟！」

「他死的時候，你也在場。」幸運殘忍指出。

「沒錯，但是置他於死的不是我。我跟這件事一點關係也沒有！」

「你做了什麼救他一命？」幸運壓低嗓子咆哮。「你甚至有嘗試阻止過刀鋒嗎？」

小牢騷陷入沉默，低下頭。他的喉嚨因爲羞愧發出微微的嗚咽。

「沒有。」幸運說，「你並沒有想要幫助他，是吧，小牢騷？」

小牢騷倏地抬起頭。他眼中的怒火變得更加憤怒，冷冷說著，「我已經不叫小牢騷，我叫大牙。」

幸運看到恬恬聽見這事低下了頭。另一隻幼犬找到屬於自己的名字，他的心情顯得鬱悶。可憐的恬恬。

幸運在沉默聲中望著小牢騷。他見到了幼犬的耳朵受了傷，只剩下殘根，直直豎立，邊緣呈鋸齒狀。怎麼回事？

幸運瞪大了眼，這才明白小牢騷的耳朵成了老一輩猛犬的翻版。他們的耳朵遭長爪剪去，小牢騷的耳朵也如法炮製，只不過是遭刀鋒或是其他猛犬啃咬。**猛犬依樣畫葫蘆模仿長爪的行為**。幸運的背脊一陣發涼，傷口肯定很疼。

幸運不禁納悶他們是否得將幼犬壓制在地，免得他亂動……

猛犬狗幫怎能如此殘酷？幸運忍不住發顫。**刀鋒如此喪盡天良**？

幸運不免對小牢騷——不，是大牙——寄予同情，他感覺到怒氣逐漸消退。「你的耳朵怎麼回事，小牢騷？」他輕聲問。

大牙別過頭去。「這是我的事，是猛犬狗幫自己的事。」

「殘害狗幫成員？這可不是你自己的事，我想。」幸運上前，走近幼犬，不過大牙卻甩甩受傷的耳朵，發出低吠。

「我告訴過你這是猛犬狗幫的傳統。」他大聲咆哮。

幸運嘆口氣，搖搖頭。「恬恬。」他輕聲問。「你爲何冒險到這兒來？簡直拿生命開玩笑！你明知道刀鋒與艾爾帕的能耐。如果讓艾爾帕發現……」他深吸一口氣，想像可能會招致什麼樣的後果。「你的弟弟向來作出蠢事，但不是你，你爲什麼這麼做，恬恬？」

幼犬眨著眼睛望著他，在她開口說話前，一個碩大的陰影落在幼犬身上，空氣霎時凝結住。

樹叢間步出一個光滑的身影，幸運認出那雙發光的眼睛，幾乎停止心跳，對方毛皮光滑，肌肉結實。

是刀鋒！她緩緩向前，牙齒在月光的映照下閃閃發光，眼睛直盯著幸運。

「你得聽命於我，大牙。」她大聲咆哮。

幸運期望幼犬反抗，他一向討厭別人向他下達命令，不過大牙卻立刻低下頭，走到刀鋒身旁，後腿夾著尾巴。刀鋒伸出腳爪用力一揮，鮮血立刻從幼犬身上噴出，他大喊著，倒向一邊。

「滾開我的視線。」她朝幼犬咆哮，只見大牙虛弱狼狽走開，朝猛犬狗幫的臨時營地前去。沒有回頭張望恬恬一次。

「街頭佬。」她的尖細嗓門發出吼叫。「你拿走屬於我的東西。」

幸運偏頭嘆氣，眞希望自己看起來充滿自信，對手沒有聞到他身上散發的恐懼。「恬恬不屬於你，刀鋒。她可不是你飼養的寵物。」。

刀鋒渾身僵直，抬起一隻後腿，若有所思搔著她的耳朵。「我沒聽錯吧，或許你應該再說一次，換個方式。」

「幼犬並不隸屬於你或是任何一隻狗。恬恬自己做出了決定，她要跟我們的狗幫一起生活。」幸運覺得自己嘴裡含沙似的，乾渴不已。「你一點立場也沒有，刀鋒。你甚至不是恬恬的母親。」

「我比狗母親的地位崇高，我才是她眞正的艾爾帕！」

「不過她再也不需要喝奶！」幸運的好奇掩蓋他的謹慎，他眞心想要知道答案。「爲什麼，刀鋒？你爲什麼堅持把他們要回去？」

說錯話了！他聽見刀鋒的喉嚨傳來低吠。他頓時勇氣盡失，壓低身體，皺縮一塊兒。她張大了嘴，朝他猛撲，牙齒閃著光芒。

我無法獨自應戰！地犬，我現在得去見你了嗎？

幸運的身體瑟縮起來，等待著牙齒撕咬與爪子抓扒的痛楚。卻見到一個模糊的嬌小身影衝撞刀鋒。身形巨大的猛犬發出痛苦哀號，倒臥在地。幸運瞠目結舌望著年幼的恬恬張著小尖牙，朝刀鋒的後腿用力一咬。傷口濺出鮮血，刀鋒一臉震驚。

恬恬嚇壞了，突然發現自己闖禍般，立刻鬆開嘴。

「快跑！」幸運大喊，他倆轉身立刻狂奔。

幸運聽見身後矮樹叢傳來刀鋒匍伏前進的聲音。恐懼驅使他加緊腳步，恬恬則緊跟在後。幸運根據刀鋒踉蹌的步伐，知道她不良於行。小傢伙把她傷得夠重，減緩她的速度。**我們有機會脫逃**！

來到營地邊緣，幸運重振精神，翻滾進入營地，見到恬恬緊跟在後，他氣喘吁吁，鬆了一口氣。幸運搖晃欲墜，轉過身，沒有聽見追兵趕上的聲音。刀鋒想必在艾爾帕的營地前止住了腳步，不過幸運卻在陰暗的樹叢間，瞥見那雙凶狠的目光閃著光芒。

她是否準備發動攻擊？只要一聲吠叫，就能驚醒整個狗幫？

「我會再回來！」她的發狂聲回盪在寂靜的夜裡。接著，刀鋒轉身，頭也不回朝林間走去。幸運聽見遠方傳來刀鋒的狗幫發出的長嗥，與領袖的怒火相互回盪。

狗幫成員驚醒之後，開始騷動不安，他們豎起耳朵，聆聽著猛犬發出的嗥叫。

「怎麼回事？」費瑞發出低沉的嗓音問。

「我聞到了猛犬跟血漬的氣味！」陽光驚呼。

霎時，狗幫成員全都驚醒，睡眼惺忪地衝向幸運的身邊，七嘴八舌。恬恬淹沒在眾狗之間，他正巧望了她一眼，大夥胡亂打轉，腳步凌亂。她想辦法擠到幸運的身邊，幸運聽見她在他耳邊陪不是。

「抱歉，幸運。」接著，她的聲音便淹沒在一片關切聲中。

「幸運，怎麼回事？」達特問。

「看在地犬的份上……」史奈普大喊。

「是刀鋒嗎？」陽光的高分貝聲音帶著恐懼。

「你們全都安靜！」艾爾帕的低沉嗓音制止著他們。狼犬穿過眾狗，黃色眼睛發出光芒。

就在大夥陷入一片安靜之後，幸運即時向恬恬耳語，「別說話。」接著，艾爾帕便來到他的面前，朝幸運齜牙咧嘴。「怎麼回事？」

幸運低下頭。「我聽見聲響，艾爾帕，本來不當一回事，可是還是前往營地外頭查看，發現刀鋒在營地外鬼鬼祟祟。」

艾爾帕沉默良久，幾乎令人感到不耐。幸運直盯著地面瞧，他不敢直視恬恬的眼睛，以免被看出破綻，不過他感覺到領袖的目光正集中在他的身上。

接著，艾爾帕啞著聲音吼叫。「天就要亮了，你們全都準備好。我們整隊後，便繼續上路。現在，解散！」

艾爾帕返回來時路時，幸運渾身發顫，甜心則待在狼犬側身。動作優雅的快腿犬若有所思瞥了幸運一眼，接著，轉過身去，跟她的領袖耳語。

幸運嚇得腹部翻攪。**我可不能把恬恬還有她去找小牢騷見面的事扯進來。這麼一來，艾爾帕肯定會把她逐出狗幫，或是將她殺害。**

我只祈求自己做的決定沒有錯。

第五章

天亮之後，太陽之犬籠罩在灰色的雲層中，楓紅谷地的薄霧瀰漫在各處。太陽微光偶爾映照在露珠上閃閃發光又稍縱即逝，草地上徒留濕冷的寒氣。眾狗在甜心的監督之下，聽從指示，開始整隊。

艾爾帕走出窩巢，緘默不語。他繼續往前走，迅速朝甜心點點頭，接著走到營地盡頭，轉身面對眾狗。

「大夥走在我跟甜心後頭，兩兩前進。費瑞跟幸運走在前頭，巡邏犬分別走在左右兩旁，看顧年紀較小的幼犬。史奈普跟春天站在隊伍後面，留心是否遭到其他狗跟蹤。別留下任何氣味，大小便用土堆埋好。達特，你負責照管命令是否徹底執行。歐米茄待在後方，狩獵犬的前面。懷恩你跟歐米茄一起走，別走到了前頭。狗幫所有成員都得遵從紀律，都聽清楚了嗎？」

「是的，艾爾帕。」大夥異口同聲回答，幸運發現自己跟著照辦，沒有特立獨行。距離他帶領栓鍊犬逃離城市，一路跌跌撞撞至今已有好長一段時間。他打心底不得不佩服艾爾帕。艾爾帕面對龐大的壓力之下並非總是保持冷靜，或許他的支配慾太強，不過狗幫目前正缺乏管理。

氣氛十分緊繃，空氣中彷彿充滿了看不見的電力滋滋作響。猛犬狗幫近在咫尺——如今，這支充滿暴力與敵意的狗幫更加令狗兒憎惡。幸運意外見到刀鋒出沒的事情宛如具有傳染力的病毒般，不斷蔓延擴散。其中還有同伴對他投以仇視的目光，彷彿認定幸運有意挑釁刀鋒。

幸運渾身發顫。**我們愈快離開這裡，我才會鬆一口氣。**

眾狗離開營地，開始啓程，腳步輕盈卻又緊張地踩在森林的土地，幸運保持步調一致。每隻狗皆服從艾爾帕的意見，留心矮樹叢間是否有任何動靜。離開森林一段距離之後，大夥準備穿過長滿矮樹叢的溝渠，幸運走到艾爾帕身邊。

「你有何計畫？」他壓低聲音問。「我們要去哪兒？」

「河邊。」艾爾帕態度粗率回答。「如果跟隨河水的方向前進，就會抵達……」狼犬猶豫了一會兒，瞇起眼，伸出舌頭舔著下巴。幸運等著他繼續說。

他根本毫無計畫，幸運這時才明白，內心一震。他的聲音聽起來振振有詞，但是他卻不知道要帶大夥去哪。

但是幸運沒有時間指出這點，羞辱艾爾帕。幸運急中生智，附和著。「當然！我知道目的地了，就是河川的匯聚地。」

「河水並非在此停止流動。」艾爾帕說，「它不停流動，卻不知流到哪去。」

「這個主意好極了，艾爾帕。這麼一來就可以遠離猛犬。」

幸運留意到領袖的頭驕傲地抬了起來，突然間，狼犬挺起肩膀。「當然，這還用你說，我的計畫萬無一失。」

什麼計畫？幸運心想，**感到惱火。有誰比得上他的傲慢**？**他是狗幫的領袖不會錯**，**但這就是他的領導方式**？**鄙視一切的意見**？

幸運只敢把想法藏在心裡，害怕艾爾帕對此作何反應。狗幫成員已經夠惶惶不安了，幸運不能再跟領袖發生爭執，令他們更加不安。

瑪莎緊跟在幸運身後，他留意到恬恬而加緊腳步。恬恬自小就跟她很親近，瑪莎一直悉心照料著小猛犬，不過她倆的體型十分不相襯，就算恬恬長大，依然如此。幸運開心望著瑪莎向眼前的小猛犬解釋她的腳蹼。

「不，恬恬，我的手足們也都天生如此。」瑪莎耐心向她說明。「我們的血統很特別，我的主人總說……」

「你！恬恬！」艾爾帕轉身朝她咆哮。「回到你所屬的隊伍。」

恬恬感到有些受傷。「但是艾爾帕，我……」

「夠了！既然你不服從命令，就跟懷恩和歐米茄一起走。」

恬恬沮喪地退往後方，兩腿夾緊尾巴。幸運厭惡地瞧了艾爾帕一眼，轉身，前去陪伴恬恬。他不在乎艾爾帕是否反對，如果他有任何意見，幸運會讓他知道他心裡到底怎麼想。

前任歐米茄懷恩不屑地望了恬恬一眼，並未與她交談。陽光走到他們身後，克盡職守，嘴裡咬著一大片青苔。她已經開始想在新營地鋪好她的臥鋪，幸運很高興見到她這麼做。他滿心歡喜，走到隊伍後面。陽光早已佔好位置，他不願見到恬恬與那個惡毒的壞傢伙懷恩一起同行。懷恩彷彿看出他的心思，不屑地加緊腳步。

「我讓幸運跟你作伴。」他輕蔑地朝恬恬一笑，追趕上甲蟲的腳步。

我可一點也不後悔走在你的後頭，懷恩，幸運心想。他不想理會那隻扁鼻子狗，舔著下顎，望著一旁的小猛犬。他有很多話想說，卻緊閉著嘴。恬恬大概覺得很受屈辱，等她想說，自然會告訴他。

她長長嘆了一口氣之後，搖搖頭。「大夥爲何這麼討厭我，幸運？」

幸運驚訝地眨著眼睛。**她當真感覺這麼糟**？「沒有任何一隻狗討厭你，恬恬！」

即使他嘴裡這麼說，總感覺彆扭與不眞實。**我不過是在欺騙她**，他內心一驚，思索著該說些什麼安慰話。費瑞在前面敦促落後的成員加緊腳步：他輕推著小黛西，提醒甲蟲留意矮樹叢內的動靜。甜心的腳步慢了些，正與月亮在相互討論，交談時，眼神不時望著樹叢。狗幫所有成員似乎彼此泰然自若，幸運發現只有他對受到艾爾帕責備的恬恬寄予同情。

「你瞧？」恬恬打破沉默，難過地對幸運說，「你明知道艾爾帕受不了看見我。」

「噢，恬恬。他只是不習慣狗幫成員裡有隻猛犬，這是千眞萬確，你爲什麼現在這麼在乎？」

「是小牢騷。」她感到內疚小聲說，「再次見到小牢騷，不，是大牙。他似乎很快樂。而且……過得很好，被需要。他擁有自己的名字，被接納爲新成員……」她拖長了聲音，深呼一口。「幸運？大牙要我跟他一起離開。」

幸運內心一沉，覺得自己毛髮直豎。**我爭取了很久才將你留下來，恬恬！他不禁感到惱怒。你的寶貝弟弟自己離開就行！**

不過他不能這麼跟恬恬說，「你覺得怎麼做才好？去刀鋒那裡？」

「呃，大牙過得很快樂。他知道自己的位置，他們全都知道。」

「你是指他們全都清楚知道自己的位置。」幸運打斷她。「選擇臣服於刀鋒。還有你提到的『接納』新成員？我只見到他的耳朵遭到截斷，手法殘忍，沒有任何理由！」

恬恬的雙眼閃過固執。「至少，刀鋒的狗幫不必到處紮營趕路，幼犬們都能得到良好的訓練。」

「他們被訓練成殺手。」幸運說，「而非單純獵食。」

恬恬一臉困惑，搖搖頭，她嘆了一口氣，抬起眼，凝視著樹梢。「我明白你的意思，幸運，真的！但事情沒有這麼糟吧？大牙很快樂，刀鋒很愛他！她大費周章將他帶回去！」

小心，幸運冷靜對自己說，她現在情緒低落，別說刺激她離開的話。

他深呼吸一口。「恬恬，你確定用『愛』這個字眼沒有錯？它有很多意思，很容易遭到曲解。特別是像刀鋒這樣的狗。」

「是嗎？你難道不覺得這個字眼表達的意思夠清楚明白，幸運？」恬恬的黑色雙眸定定望著幸運。「那麼你覺得愛是指什麼意思？」

幸運躊躇苦思著。他的腦中出現模糊的記憶，記憶中充滿著熟悉的氣味和聲音……以及母親的溫柔話語向他們述說神靈之犬的故事，還有手足們蠕動及溫暖的體溫。他突然想起貝拉，而她彷彿受到記憶的召喚，前來幸運的面前。

「走吧，幸運，把恬恬也帶來！狩獵犬出去獵食，帶了食物回來！」

提到食物，幸運才感到飢腸轆轆，肚子發出咕嚕聲。幸運突然感到一陣羞赧，三隻狗頓時笑了起來。

「我們走吧。」他說，「我的肚子提醒我們該吃東西！」

當他們加入其他狗的行列時，他才感覺鬆了一口氣。因爲他不想要跟恬恬繼續他倆之間的話題。一點也不想。

等到大夥享用完食物，繼續上路，太陽之犬已經落下天空。幸運感到自己的腳底板發疼，陽光渾身髒兮兮，而且疲憊不堪，儘管如此她的嘴裡依舊銜著青苔，拖在低垂的頭下方。年紀幼小的甲蟲、荊棘與恬恬幾乎要闔上眼，就連堅忍的麥基也疲倦地腳步蹣跚。幸運注意到四肢細長，善於短距離加速的甜心也不禁放緩步伐。

然而，艾爾帕卻繼續趕路，帶領著眾狗沿著乾燥的河岸登上小丘。他似乎一心向前，彷彿沒有注意到多數成員的狀態。這根本稱不上領導力，幸運心想。簡直是冥頑不靈。至少，他們塡飽了肚子，如果不是這樣的話，說不定現在不知道要喪失幾名成員。費瑞幾乎得拖著黛西的頸背她才有辦法走。縱使如此，幸運又再度感到飢腸轆轆，幼犬們想必正餓得慌。

刺骨冷風颳向河岸邊的洞穴，一整天下來頭頂的天空灰濛濛的。事實上，幸運抬起頭望向天空，發現天空愈發昏暗，幾乎漆黑一片……

一道刺眼的閃光出現天空，嚇得他幾乎魂不附體。閃電！神靈之犬如雷般的吼叫迴盪在山谷之間。豆大的溼冷雨水打在幸運的身上。

「下雨了。」他說，「很可能又下起了酸雨。我們盡快找到避難處！」

沒有任何一隻狗質疑他，大夥紛紛前去尋找避雨的地方，或是奔往乾涸溪流的陡峭壁面間的淺凹洞。頭頂只有一小片岩石遮蔽，凹洞處則是溪水侵蝕的結果，目前看來這樣就已經足夠。史奈普與春天最後才鑽進來，大雨滂沱，霹靂啪啦打在外面的地上，他倆幾乎連甩動尾巴的空間都沒有。

眾狗依偎一塊兒，凝視著外頭的傾盆大雨。黑色碎片清晰可見，伴隨著雨水飛舞，發出嘶嘶聲響落入地面。不久，便出現冒著泡沫的小水窪，邊緣冒著黃色的泡沫。

沒錯。幸運心想。**有毒的雨水依舊存在。它何時停止？看樣子我們很難躲得過**。

洞裡傳來狂亂的尖叫聲，他急忙朝後一閃，避開兩隻老鼠。他們倉皇鑽進洞裡，沒注意洞裡擠滿了狗。小動物急忙繞著石頭狂奔，想要逃開，其中一隻老鼠站在幸運的後腿上，怒視著他，幸運見到老鼠的一對小眼睛紅腫發炎，沾了雨水的毛髮油膩不堪。**他們十分痛苦**，他體悟到，而且飽受驚嚇。**他們根本不怕我們，加上雨水情況更糟！**

黛西無精打采地望著老鼠，就連甜心也不過累的叫了一聲。費瑞小心翼翼望著小動物，卻不動聲色。狗幫沒有任何一隻狗衝向老鼠，儘管他們全都飢腸轆轆。大夥肯定都跟幸運一樣，認為這兩隻老鼠吃不得。當他神經緊繃地望著這兩隻老鼠時，他感覺到艾爾帕湊近他的身邊。

他倆同時間再一次回望外頭的滂沱大雨。「這裡不安全。」狼犬咕噥著。「不論是什麼毒害這片土地，情況似乎每下愈況。」

幸運搖搖頭。「我們似乎無處可逃。」

「就連閃電也保護不了我們。」艾爾帕說，「他降下酸雨，等到暴雨過去，我們必須繼續趕路。整片土地都已經不適合狗兒生活。」

當中幾個成員聽見這番話，紛紛七嘴八舌討論起來，感到心情低落。黛西嬌小的身軀蹲伏在地，想要躲在瑪莎濃密的毛皮下。

「我不禁想到大咆哮發生的情景。」她開口說。

「噢，黛西，別說這些。」陽光說。

「她說的沒錯。」麥基一臉難過回應。「就像主人離開我的情形一樣。大地搖撼，空氣中傳來刺鼻的氣味。」

「當時我正在籠車行駛的路旁獵食，一條電線正好在落在我的頭頂。」史奈普說，「電線掉落地面之後，火花引起火災。我差點活活被燒死。」

「我也記得。」達特附和。「懷恩差點掉進裂開的地面。」

「我差點被一棵傾倒的樹幹壓死。」月亮搭腔。「我跟孩子們差點就要沒命，他們才剛出生，眼睛甚至還沒張開。」

「事發當時，幸運跟我一塊兒被關在收容所內，上鎖的鐵籠裡。」甜心描述，口氣中彷彿帶著驕傲，述說這個恐怖的經驗。「我們除了抱著希望，啥也不能做。其他的狗運氣就沒這麼好。」

恬恬走近幸運，目光來回游移，嘴角輕聲說著，「什麼是大咆哮，幸運？」她對自己的無知似乎感到有些困窘。

幸運張開嘴，又闔上，感到吃驚。怎麼會有誰不知道大咆哮為何？

接著，他恍然大悟，理所當然，恬恬是在大咆哮發生後才出生！他不禁出現振奮的想法。終有那麼一天，大咆哮這件事將被完全遺忘，地球上不再有哪隻狗見證過它的存在。新生命不斷誕生，存活下去——恬恬就是最好的証明。大咆哮並非世界的盡頭。還不到時候。

「那真是一場天大的災難，恬恬。那天世界天崩地裂，城市傾覆，長爪四散逃離。就連地犬也嚇得發顫。無數的狗兒喪命。」

「哇！」恬恬渾身顫抖。「幸好我沒有親眼目睹。」

幸運輕觸她的臉頰。「我也是，恬恬。」

他望向洞口外的河岸，聽見河水發出潺潺聲響，還有在前方山谷的河水湍急流過，發出巨響，彷彿是河水之犬下令奔赴的地方。狗幫眾成員即將動身，就等這場滂沱大雨止息。

第六章

幸運抬起頭，豎起耳朵，發現狗幫半數成員仍在沙地的洞穴中入眠。並非吵鬧聲驚醒他，而是四周安靜異常令他感到詫異。滂沱雨勢如今被間歇落下的雨水取而代之。

艾爾帕與甜心坐在洞口，向外張望，幸運走上前加入他倆。大雨終於停止落下，留下一道道迷宮般的小溪流與水窪。乾涸的河床交織著網狀般的溪流，在石頭間穿流而過，流向河流。

艾爾帕望了幸運一眼，接著轉身回望潺濕的山谷。狼犬看起來惶惶不安。「這場雨將洗去一切氣味。」他咕噥著。「我們因此有機會擺脫猛犬，或是讓他們可以在不被發現的情況下追捕上我們。我們必須保持警覺，甜心，通知巡邏犬留意。幸運，既然你在這裡，去叫大夥準備啓程。」

眾狗獲得足夠休息，喘口氣之後，儘管飢餓難耐，多數狗兒仍急著離開。大夥動身前往山谷，沿著閃亮的溪水前進時，空氣中凝結著一股不安的氣氛。狗兒們先聽見溪水聲之後，才見到河水。等到大夥抵達崩塌的山脊，他們見到湍急的河水，彷彿夾帶著怒火，吐著泡沫。河水中央拍打著險峻、突出的石頭，激盪出白色的水花。岸邊靜制的水面則漂浮著黃色的浮垢。

幸運內心一沉。**這將是個前所未見的挑戰**。

「大夥注意。」艾爾帕開口說，「如果你們當中誰落入河水，我不會允許瑪莎救你們起來。明白嗎？我不會冒險犧牲兩隻狗。」

幸運望向那隻諳於水性的大狗。

「河水之犬請庇祐我們。」瑪莎祈禱著，儘管她一臉焦慮不安，卻沒有跟艾爾帕爭辯。或許，她對這條湍急的致命溪流也感到恐懼。

大夥一隻接著一隻向下游前進，彼此與河水保持一定的距離。湍急河水的龐大力道令幸運渾身發毛。誰要是落入河中恐怕只有一命嗚呼。

延著河岸邊前進令幸運神經緊繃。他不止一次聽見黛西嚇得直哆嗦。甲蟲與荊棘也都戰戰兢兢，尾巴緊緊捲縮在身體一側。成犬們也都繃緊神經，任何樹枝折斷與卵石滑落的聲響都令他們嚇得發顫。

河谷的地勢逐漸平坦後，湍急河水變得寬闊與平靜，向著沙地平原蔓延開來。眾狗本能地散開，遠離河邊，幸運聽見大夥紛紛鬆了一口氣。儘管湍急的白色河流被拋至後頭，嶄新景致仍令幸運惶惶不安。土地廣闊，毫無遮蔽。他停下腳步，一旁的黛西渾身發顫。麥基在前方嗅聞到不對勁，費瑞則帶著不確定性，發出低吠。

河水不再與狹窄的河岸爭道，而是散開成一道道銀色的分流。其中最大的一條河流分隔著兩座小島，上頭稀疏生長著松樹。幸運放眼望向廣闊的平原，尋找出路，見到了河谷也岔開數個方向而感到內心一沉。他看見遠方低矮山谷間至少有三條狹窄的道路。

噢，河水之犬！現在該如何是好？我們應該跟隨最大的一條河流，或是順著前方河谷之間的其中一條小路前進。

「現在該往何處去？」史奈普彷彿說出幸運心中的想法，踩著躊躇的步伐走上前，面對著艾爾帕。

眾狗面對著自己的領袖，引頸期盼。艾爾帕卻只是在河水的岔路間來回走動。他微微揚起背脊，尾巴低垂，尾巴的末端不安地抽動著。他不願面對他們其中任何一個。眾狗們面面相覷，開始七嘴八舌交談，耳朵焦慮地往後垂。

「艾爾帕。」幸運輕聲詢問。「你認爲我們現在應該往哪裡走？這裡有無數的岔路，哪一條才是通往安全的小徑？」

艾爾帕的尾巴再次抽動，目光卻定定望著地平線。

「安靜。我在思考。」最後他開口說，任誰都聽得出來口氣中的不確定。

艾爾帕正陷入天人交戰，幸運心想，**他完全無所適從**。

霎時，甜心帶著自信，走到眾狗面前。她豎起耳朵，尾巴高舉，帶著堅定的口吻。

「大夥耐心等待，保持冷靜。現在必須做出重大的決定。得耐點性子。」

優雅的快腿犬簡直天生就是成爲艾爾帕左右手的料，幸運感到既驕傲又遺憾。**甜心跟我之間或許曾有過交集，但不再是了**。她選擇成爲艾爾帕的忠實貝塔。她在眾狗之間來回走動，定定望著每隻狗的眼睛，料定他們不敢公然反抗她。幸運幾乎認不出過去的她。甜心提起收容所的事，不過她與從前那個溫柔的她已判若兩人。她指控幸運背叛，選擇朝那個厭惡小猛犬的狗幫靠攏。艾爾帕當初要在他身上留下永久的烙印時，她卻替幸運挺身而出。

至少，當艾爾帕拿不定主意時，她提起勇氣，挺身站出，幸運對此抱以感激。**她也明白，艾爾帕正陷入僵局**。

此時，甜心正嗅聞著分歧的支流，小心翼翼踩在泥巴地上，抬起細窄的臉龐，沿著山谷的歧路嗅聞。

甜心張著鼻孔。突然間，往前一躍，優雅地奔向右手邊的河岸。她的長腿迅速帶她往低矮的山丘繞行，不見蹤影。

不久，她的身影再度出現，姿態從容登上山谷返回狗幫。就快抵達時，只見她開心發出吠叫。

「從這裡去！河水裡有魚，而且水裡沒有黃色的浮垢。如果河裡的魚安然無恙，那麼這條路徑應該安全無虞。」

「不會錯。」艾爾帕重拾他的自信。「跟我走。」他環顧四周後，才驕傲地挺胸離開。狗幫其他成員跟在他身後走。

幸運感到不可置信望著他的同伴們，難道他們對於領袖展現的軟弱視若無睹？他們對領袖百依百順，彷彿啥也沒發生，完全不把甜心展現的勇氣與機智當一回事。

史奈普越過幸運，開心地瞥了他一眼。她趕上了嬌小的棕白犬腳步，走到她的身邊。「什麼事這麼好笑，史奈普？」他感覺受到了激怒。

「沒事。我發現你剛才很不開心。但是你瞧，一切不會有問題！艾爾帕是個稱職而且強悍的領袖，幸運。我們全都信任他，不該有所懷疑。狗幫所有成員皆如此，你明白嗎？」她加緊腳步，步上前去。

幸運忍不住停下腳步。他喜歡史奈普，但她的心裡似乎藏有心事，並未從那雙眼睛透露，他感覺自己剛才像是遭人指責一番。**她怎麼會知道我質疑艾爾帕的能力**？有時，狗幫成員之間微妙的關係總令他難以招架。

他嘆了一口氣，甩甩身體，跟隨史奈普的步伐。**也許她說的對，我最好別杞人憂天**。

史奈普跟在狗幫其他成員身後離開，他們消失在低矮山丘路肩的轉彎處。正當他打算提起腳步跟上去時，幸運聽見巨大的吠叫聲發出警告。顧不得他的困惑，他奮力奔上山丘，趕上其他成員。狗幫所有成員皆止住了腳步，幸運驚訝地倒抽一口氣，感到頸背高聳。

長爪的屋舍！

前方是由幾棟建築物聚集一塊的聚落，整齊鋪設了一條長爪設計的碎石子路，如果狗兒靠近，恐怕導致受傷。**路的盡頭肯定是個小鎮**，幸運判斷，他踏著舒緩的步伐走向順著山坡生長的另一座松樹叢裡的山谷前進。他在那些紅灰屋頂與低矮的房舍間，發現長爪定期植栽的樹木與鋪設的硬石子路，還有總是架設在屋外的招牌與路燈。路燈並未發亮，而且有些不同，像是沒了生命般。這裡見不到透明石帷幕的高聳建築，因此可以遠眺山丘。這個聚落比起幸運來自的大城市要小上許多。

屋舍並未受到大咆哮的影響而飽受摧殘，狗幫成員小心翼翼朝屋舍靠近時，幸運感到十分不安而發顫。完好無缺的白色牆面，整齊劃一的屋頂，還有花園的小圍欄，彷彿裡頭還好端端住著長爪。這對荒野狗幫的成員來說可不是什麼好消息。

「我不喜歡這裡。」他對自己說。

他才剛說完這番話，一個白色的毛茸茸影子閃過他的腳邊。陽光沿著一整排長爪的房子奔跑，她的蓬鬆尾巴在空中晃動，長長的白色耳朵吹向後方，開心地發出吠叫。

「幸運！」艾爾帕憤怒大喊。「把那隻長毛傢伙叫回來！」

噢，陽光！幸運奔向她，並未浪費力氣大聲吠叫。他很輕易便追趕上拚命往前奔跑的短腿小狗。「停下來，陽光！」他喊著，咬住了她的尾巴。「快停下來！」

「可是……」她回頭張望，卻仍繼續奔跑，閃避幸運想要咬住她的尾巴。

「食物！眞正的食物！柔軟的睡鋪！拜託，幸運！」

幸運發出吠叫，這回想咬住她柔軟毛皮下方的身體。「快停下來！」他簡直不敢相信這一切！經歷過這一切大風大浪之後，陽光一見到長爪的前門，奮不顧身又變回一隻寵物犬。「快停止！」

幸運用力咬住她的頸背，拉住她，用力甩動。

陽光奮力扭動身體，拼了命，拉高聲音叫喊：「放我走！你這個惡霸！」

幸運發出咆哮，用他的下顎將她制伏在地，想法子阻止自己別當眞朝她的脖子咬下去。她略微掙扎一會兒，虛弱無力，幸運此時發現艾爾帕走近他們的身邊，好奇打量著他倆。

幸運朝著陽光上氣不接下氣，輕輕搖晃著她，「現在趕緊返回狗幫。」他輕聲說，「除非你希望艾爾帕把你扔去河裡餵魚，瑪莎可救不了你。」

幸運感覺到被壓制在地的陽光開始顫抖。

「就算這裡有長爪出現，也不會是你的主人，他們只會將你視爲一隻野狗。你知道我說的是事實，快走吧。」他再次小聲說，「而且要向艾爾帕致歉。」

最後，陽光無力招架，被擊敗。幸運將她輕推起身，領著她去見艾爾帕。她站在領袖面前渾身發抖，在大狗面前顯得格外嬌小。

她倏地倒向一側，在狼犬面前四腳朝天，表示屈服。露出目瞪口呆的表情。**終於做出合理的表現**，幸運心想，內心鬆了一口氣。她將鼻子埋進土裡，搖尾乞憐。

「抱歉。」她低聲說，「我很抱歉，艾爾帕。我完全沒有想到後果。」

艾爾帕怒視著她。幸運屏住呼吸，想在適時替她挺身而出。但年輕的恬恬卻爬向陽光身邊，開始磨蹭著陽光的柔細毛皮，安撫著她。

幸運感動不已，但艾爾帕卻無法忍受，大聲斥責，「我的狗幫怎麼回事？供養了一群愚蠢的拴鏈犬。」

幸運張開嘴想要抗議，附近的長爪屋舍卻傳來一個低沉的嘎吱聲響打斷這一切。

「那裡有動靜。」他聲稱，暫時忘卻了陽光惹出的麻煩。天犬，請庇祐我們，情況似乎並不樂觀。

「我沒見到長爪的蹤影。」艾爾帕皺起眉頭。「我們應該調查這個地方，說不定能找到吃的，不過得格外小心。」

艾爾帕仰起頭，領著眾狗前往路旁的一面石牆陰影處，大夥沿著堅硬的人行步道前進。幸運不安地望向發出聲響的長爪屋舍，卻不見任何長爪的蹤影。

或許，只是隻老鼠或是利爪？他清楚明白長爪很可能藏在某處。**就像我在城市發現到的那個，還有燒得通紅的……火爐**。

硬石子步道的表面踩在腳底不像柔軟草地、樹葉或是泥巴地那般舒服，幸運卻覺得這感覺十分熟悉。就連氣味也似乎喚醒了他的記憶，他低下頭嗅聞，想要返回舊城市的衝動油然而生。

眾狗踩在石子路上發出巨大的喀搭聲響，幸運歡喜地聽著荒野狗幫的成員們此起彼落的抱怨聲。

「腳底下的是啥玩意兒？」春天的聲音回盪在空氣中，她憂心地抬起頭。

「我就說這不是石頭。」費瑞回應，「音量小聲點。」

史奈普嗅聞過地面之後，頸背高聳，「我不喜歡這個味道。」

「我喜歡！」黛西尖聲說。

「安靜，我說！」費瑞斥責。

「我的腳掌發疼。」荊棘低聲抱怨。

幸運感到有些惱火，翻瞪著眼。「你會習慣的，長爪都走在這樣的地面上。」

「拴鏈犬們也是如此。」布魯諾驕傲補充。「沒什麼好怕的。」

「是啊。」黛西淘氣回應。「你們應該學著拴鏈犬這般強悍。」甜心在前方發出咕嚕聲響，又好氣又好笑。

「還有。」幸運接著說，「可以確定的是，如果附近有長爪出沒，意味有吃的東西。你們不必追捕與獵殺就能找到食物！相信我，食物的滋味比起平日所嚐到的味道很不一樣。」

「是啊。」陽光附和，「而且你們肯定一吃就上癮。」

這似乎提振了荒野狗幫成員們的士氣。史奈普與春天已經面露光彩，彼此交換著興高采烈的眼神，步伐輕盈。就連月亮也滿心期待地豎起耳朵，但艾爾帕卻惱怒地將幸運叫上前。

「究竟是誰才是老大？」他表情冷漠問，「你還是我，街頭佬？」

幸運幾乎要脫口而出說是甜心，幸好森林之犬庇祐，他即時住嘴。「抱歉，艾爾帕。」他怯生生說。

「小心腳底。」狼犬大聲咆哮。「噢！」幸運走到轉角，即時停住。眾狗們陷入一陣緘默，陽光突然發出一聲驚呼。

幸運用力嚥了嚥口水。長爪的屋舍聚落在他們的面前展開，十分龐大、開闊，這裡令他們無所遁形，暴露形跡。大夥猶豫著朝狹窄街道的盡頭前去。

大咆哮在這裡造成的破壞力比起城市輕微：儘管隨處可見到碎透明石，卻不見傾倒的房舍。一大片修剪整齊的草坪與樹木在他們面前展開，中央還有一個藍色水池。蘆葦叢間見到一個巨大的雜亂窩巢。

「天鵝。」貝拉輕聲說，「小心，各位。」

幸運向來小心避開這群巨大的白色水鳥，不過他們的窩巢卻空無一物。「不要緊，窩巢遭到棄置不用。」

「他說的對。」布魯諾輕聲說，「這裡不見任何水鳥的蹤影。」

麥基感到不安，渾身發顫。「到處不見鳥類的蹤影，就連樹上也沒有。」

他說的沒錯，幸運也不禁嚇得發顫。**禽鳥離開了長爪的聚集地，草木間不見他們棲息與飛翔的蹤影**。

怪不得哪裡不對勁。眾狗走到空地，環顧四周，幸運感覺到胃部一陣翻攪。這裡還出現了屍體：兩個倒臥在黑色的柏油路面，一個躺在草坪，另外一個則半落入水中——屍體暴露在地，腐臭。

陽光嚇得大哭。

「長爪！」

第七章

拴鏈犬們放聲哀號，發出嗥叫。就連幸運也感到悲悽不已。這些屍體彷彿是在毫無預警的情況下死亡，幸運又另外見到幾個——其中一個掛在圍欄；另一個倒在自家門前。他們多半睜大了眼，目光呆滯，還有的只剩下眼窩。**烏鴉肯定發現了他們的屍體**，幸運心想，**如今就連烏鴉也不見蹤影**。這些長爪們的毛皮也變得很不尋常：外表呈鐵灰色，皮膚發皺宛如浸透的樹皮。嘴唇邊吐出黃色的唾液，指尖發紫，轉而爲黑色。

幸運舔了舔口水。長爪們從前曾經餵食待在公園長椅子下方的他，不經意拍拍他的頭，或是把在美食屋吃剩的食物扔給他吃。就連在收容所內的長爪也不忘餵他三餐，給他水喝，讓他有舒服的地方可睡。其中有些長爪也會朝他咆哮或是踹他一腳，但沒有誰該遭遇如此淒慘的下場。幸運發現這些屍體死亡已經有一段時間。其中一些屍體遭狐狸啃咬或是鳥類啄食，還有的只剩下白骨。整個聚落可以說充滿了令人作嘔的死亡氣味。

他們應該還歸於地犬，幸運心想，心裡覺得難受。**有何不可呢**？

「他們是我們的長爪嗎？」陽光難過地抽噎著。「他們在這裡嗎？」

「他們很可能在這裡。」麥基在她身邊躺臥下來，發出悲鳴。「我們不是一直沒找到他們，是吧？」

「不，噢，別說了。」瑪莎蹲伏在地，難過不已。

「住嘴！」艾爾帕憤怒的咆哮聲幾乎要被拴鏈犬們的哀號聲所淹蓋。「我命令你們全都給我住嘴！」

「我們的長爪。」黛西哭喊著，布魯諾則早已泣不成聲。「我們的主人死了！」

「安靜！」艾爾帕怒斥，但是狗幫成員完全聽不進去。

他們全都陷入歇斯底里，幸運心想，**我很清楚他們的感受，但是他們不能這樣繼續下去**。

幸運咬住麥基的頸背，輕輕搖晃他，把他的頭從土堆裡抬起。「聽著。」他說，「你們全都聽好，他們不是你們的主人，不可能！」

「你怎麼知道？」麥基憤怒質問他。

「你們都很了解自己的主人——如果他們在這裡的話，你們會聞到他們的氣味，不是嗎？你們的主人逃出居住的城市了！住在這裡的長爪被困住。他們在大咆哮發生時喪命。他們並非你們的主人！我們距離城市還有一段距離。」

「幸運，你不明白……」

幸運在慌亂中，靈光乍現。「這是好徵兆，麥基！你們都聽著，我們應該爲此感到高興！」

其中一隻拴鏈犬停止哭號。麥基望著幸運，以爲他得了致命的瘋狗病，滿嘴胡言亂語。

「這怎麼會是好消息？」陽光哭喪著臉。

「因爲這群長爪受困其中。」幸運耐心解釋。「瞧見他們倒臥的姿勢沒有，他們企圖逃命。他們並非前往這裡，而是要離開這裡！」

麥基瞪大了眼，渾身顫抖，望著屍體。「但他們並未逃過這一劫……」

「你們難道沒發現？」幸運繼續往下說，「如果你們的主人因爲你們而留下來，將會面臨同樣的下場。你們一直想不透他們爲什麼離開，呃，這就是原因！你明白嗎，黛西？」他輕輕以鼻子蹭著小梗犬。「現在你們都知道主人其實並不想離開，但是如果他們不走，下場便是如此。」

拴鏈犬們紛紛尷尬坐起身，儘管情緒依舊低落，幸運心想，至少，他們止住了哀號。艾爾帕儘管目光凶惡，卻帶著感激。

「我從沒想過會是這樣。」黛西輕聲說。

「這麼說來，」陽光抽著鼻子說，「我的主人安全無虞？」

「安全活著。」幸運附和，「因爲他們及時逃離大咆哮跟有毒土地的摧殘。」

拴鏈犬們這會兒全都站起身，甩開身上的塵土，模樣看起來有些困窘。瑪莎專心舔舐她的腳蹼，麥基抓搔著耳朵。

「呃。」布魯諾開口說，「咱們啓程吧。」

幸運甩甩頭。他忍不住聆聽身邊的荒野狗幫成員彼此發表對栓鍊犬的行爲感到不解的談話。

「他們的行爲眞是古怪。」月亮小聲對費瑞說。

「的確很怪。」她的伴侶附和。「我還以爲他們已經是荒野狗幫的一員。」

「他們本來是如此沒錯。」懷恩語氣輕蔑。「見到幾個喪命的長爪後便崩潰了，嗯。」

「媽媽，這是怎麼回事？」甲蟲輕聲問。

「噓，甲蟲。我們不知道。」月亮舔了舔他的耳朵。「我晚點再跟你解釋，可別傷了拴鏈犬的自尊，好嗎？」

但甲蟲說的沒錯，幸運心想，情緒沮喪。**他們不該再成為從前的拴鏈犬**。

「你們全都聽好。」甜心一聲令下，立刻吸引衆狗注意。「天氣開始變得潮濕，暴雨恐怕再臨，我們得盡快找地方避雨。」

她說的對，幸運也這麼認爲。天空烏雲密佈，彷彿天犬集結準備作戰，漫天烏雲。

「我們要躲哪？」荊棘問。

「瞧瞧你的四周，小傢伙。」甜心開心說，「長爪的屋舍看樣子還算穩固，他們似乎用不上了。」她的目光望向拴鏈犬的方向，略感歉意。

「我認爲我們應該繼續前進。」達特辯稱，他憂慮地望著長爪的屍體。「我不喜歡這裡。」

「大雨來時我們可不能待在外頭。」月亮立刻回應，目光透露出想要保護孩子的模樣，「你難道沒想到嗎，達特？」

「月亮跟甜心說的都對。」艾爾帕的口氣粗暴，「我們得找地方躲雨。」

這個決定倒是輕鬆，幸運心想，**其他狗替他做出正確的判斷**。

「但是我聽見了其他聲響。」甲蟲怯生生說。

「不過是老鼠而已，我想。」幸運對他說，「這地方沒有任何長爪活著，我很確定。」

瑪莎待在他身旁渾身發顫，並不快樂，「幸運恐怕說的對。」

眾狗聚集一塊兒，前往硬石子路，小心踩踏在屍體橫躺的地面之間。

「那棟如何？」史奈普提議，朝向一棟長型的低矮建築點頭。

「出口不夠多。」艾爾帕口氣輕蔑，在史奈普做出提議前，他開口說，「那棟建築與其他屋舍太過貼近，讓敵人有機可乘。」

「這棟呢？」月亮的鼻子直指著一棟小型的木造屋舍。

「太過不堪一擊，繼續找。」

他會不會太挑剔了？幸運心想。**或者，他想表現出自己才是當家主人**？

史奈普似乎放棄繼續提出建議，她走到幸運與恬恬的身邊。「說真的，幸運，我真想不透不過死了幾個長爪，你的同伴怎會如此傷心欲絕。」

「他們尚處於適應沒有主人照顧的日子。」幸運回應。史奈普驚訝地瞥了他一眼，他垂下頭去，充滿歉意。**我的防備心不該這麼重，史奈普說的有理。**

「他們失去主人的日子並不長。我想……長爪們宛如是他們的成員。很難想像自己失去狗幫的同伴、遭到遺棄會是什麼景況。」

史奈普沉默了一會兒後，開口說，「眞可惜。」她長長嘆了一口氣，搖擺著短尾巴。「這些長爪可是絕佳的食物來源。」

「史奈普！」幸運大喊。「安靜點，別讓拴鏈犬們聽見。」

「我說的是實在話……」

「如果你以爲拴鏈犬之前的表現稱爲悲痛欲絕，那麼你眞該瞧瞧在你提出將長爪吃下肚的建議之後，他們的反應。」幸運嚴正警告她。「總之，這些長爪可吃不得。你難道沒聞到他們身上的味道？」

史奈普一臉狐疑，停在長爪的屍體邊嗅聞起來。她大聲吠叫，奔回幸運身邊。「你說的對，他們身上的味道聞起來像條發臭的河水。」

幸運點點頭。「他們的屍體暴露在酸雨中，我認爲他們在這已有一段時間。」

「這裡！」艾爾帕震耳欲聾的音量令衆狗止住腳步。他身體僵直站在水泥牆上的破窗子旁。「我們就選定這裡作爲避難處。」

「好主意。」春天咕噥著，「開始下雨了。」

兩滴豆大的雨水濺潑在幸運的身上時，他警覺地跳進屋內，大雨開始滂沱而下。眾狗紛紛躍進破損的透明石窗內，寬廣的屋內到處散置著傾倒的桌椅，還有長爪的四方白色毛皮。透明石罐內留有濃稠的紅色液體和白色的鹽粒。碎花瓶內灑落的花朵依然保持鮮艷，達特嗅聞著其中一個花瓶。

「難怪這些花朵不會枯萎。」她驚訝地脫口而出。「這些花朵不是真的，味道聞起來宛如硬石子路上的瀝青味。」

「這裡是什麼地方？」甲蟲抬起頭來，在怪異的屋子裡四處張望，狗幫其他成員聚攏一塊兒，瞠目結舌。

幸運嗅聞桌子一會兒，開心說道。「這裡是美食屋！」

「是什麼？」費瑞豎起其中一隻耳朵，滿臉困惑。

「是美食屋。長爪們跟狗幫一樣聚在一起享用食物。他們跟我們一樣，等待獵者帶回食物，輪流用餐。然後在獵物上頭灑上鹽巴和紅色醬汁。」

艾爾帕感到不可置信，驚呼一聲。

「長爪們很擅於獵食，不乏許多山珍海味。」幸運解釋。「有時，他們沒有吃完食物，會把吃剩留給我。」

「留給你？」月亮一臉狐疑問。「你是指自願留給你？他們不想要吃的食物？」

「是眞的。我知道這聽起來很怪，不過卻經常發生。」

「我在城裡見過這樣的地方。」甜心插話。「幸運說的沒錯，城裡有好心腸的長爪分送多餘的食物給他吃。」

「多餘的食物？」艾爾帕哼著鼻子說，「好心腸的長爪？」

「說不定我們可以找到吃剩的食物。」幸運不去理會領袖輕蔑的語氣。他在一道旋轉門上嗅聞，尋找目標。「這裡！食物貯藏室。」

地板中央的水深及腳掌，破損的水管偶爾噴出水來，但是水十分乾淨。幸運彎身舔了幾口水，他已經有好長一段時間沒有嘗到如此甘甜的水。他舔著下顎，檢查緊靠著牆邊的冰箱，狗幫其他成員則是小心謹慎跟在他的身後。旋轉門令他們感到一陣退縮，當他們發現乾淨的飲用水之後，歡喜地發出吠叫。

甜心待在幸運身後，喉嚨發出低吠。**或許，她記起曾在其他美食屋遭遇到的恐怖經歷，那時我們不過發現了一名長爪的屍體。**

現在，瞧瞧她，幸運心想，**只要艾爾帕失控，她總是能夠充滿自信帶領著狗幫，就算整條街滿佈著長爪的屍體，她一點也不感到害怕。**一部分的他懷念著從前的甜心，不過將她視爲強悍與獨立的個體，勝過嚇得四處逃竄的她。

如今，世界正值危機重重，或許我們可以善加利用甜心強悍的一面。

麥基指著其中一個大冰箱。「瞧。」

「這些冰箱打不開。」幸運對他說，「它們一向上鎖。」

「我打得開。」麥基淘氣對他說，他將腳爪抓住其中一扇鋼門，動作敏捷地用力一拉，沉重的鋼門隨即敞開。

幸運瞠目結舌望著眼前這一幕。**真希望過去知道這個伎倆！**

「幹得好，麥基！」布魯諾說，狗幫所有成員全都蜂擁而上。

其中有些食物過於堅韌難以下嚥，外表發了霉，或是散發腐敗的氣味，不過多數食物都還能吃。布魯諾用牙齒拉出一個大型加蓋平底鍋，將一些煮過的柔軟米粒灑落在地。另外還找到不少的乾糧，麥基打開另一個冰箱的門時，被冰涼的冷水澆了一身，不過他們發現了一袋肉片依舊完好如初。

他們毋需狩獵，食物不虞匱乏，因此在經歷一段艱辛的旅程之後，狗幫成員沒有任何一隻狗願意再遵守紀律。陽光起初緊張地止住步伐，達特則是睜大了眼驚訝地望著懷恩鑽進她的鼻子下方，吃著滿嘴的米粒，但是甜心與艾爾帕似乎心滿意足望著每個狗幫的成員爭先恐後不顧階級高低，填飽他們的肚子。幾輪冷凍肉品下肚之後，仍留有相當的份量足夠他們吃，眾狗飢腸轆轆趴躺在地，咀嚼著肉，將它們吞下肚。

「你說的對，幸運。」春天嘴裡塞滿半解凍的肉品說，「美食屋內眞是蘊藏美食。」

幸運卻忍不住納悶，長爪的食物不知爲何不若以往美味。難道是因爲食物放置過久，或是因爲他已經習慣食用剛獵捕到的獵物？**我甚至沒有留意到自己的改變。**

怪的是，他心想，他感覺到艾爾帕肯定跟他有同樣的想法。狼犬幾乎很少碰觸長爪的食物，他嚐過幾口食物後，令人不解地將食物推往一旁，帶著鄙夷的表情望著狗幫成員享用食物，特別是栓鍊犬的成員吃的比荒野狗幫成員更帶勁。

「我已經好久沒有嘗到米飯的滋味。」陽光滿心歡喜說著，舔完最後幾粒米。

「你不會有機會再嘗到了。」艾爾帕打斷她。「明天等太陽之犬升起，狩獵犬們便得以進入森林，尋找眞正的獵物。」

陽光嘆口氣，卻不發一語。

衆狗們飽餐一頓之後，便聚攏一塊兒睡覺，屋外大雨滂沱。幸運進行例行的睡前儀式後，豎起耳朵，聆聽著滂沱雨聲，慶幸大夥有地方避雨，遠離酸雨的侵蝕。距離破損透明石窗最遠的角落，艾爾帕與甜心依偎在一起，狩獵犬與巡邏犬則分別在倒塌的桌子底下找到休憩的地方。陽光獨自躺臥在大雨噴濺進來的窗邊，難過地低吠，或許她的歐米茄身分最終令她感到沮喪，幸運不免對她寄予同情。

決定留心這隻不快樂小狗的一舉一動，他偷偷潛入狩獵犬們暫時休憩的窩巢。冷風拂過他身上的毛髮，令他全身發顫。天犬們，真是冷極了！可憐的陽光。**我自己能否睡得安好**？

接著，他感覺到側身一陣溫暖，環顧四周後，他見到了恬恬嘴裡咬著一條長爪的白色毛皮。她將毛皮蓋在他的身上，充滿關懷地舔舔他的鼻子，然後返回巡邏犬的窩巢。

幸運望著她離去，內心充滿感激與感動。**怎麼會有誰把恬恬當成惡魔**？他納悶著。**她的本性比起狗幫裡任何一個成員更加善良**。

他睡眼惺忪低頭沉睡，疲累地進入夢鄉。

幸運眨眨眼睛，迎向昏暗的晨光，他發現雨聲漸歇，窗外此時只落著毛毛雨。他嗅聞到大雨過後的酸蝕氣味，冒險向外張望，水坑裡的水位上升形成蜿蜒溪流。幸運甩甩身體。

狗幫成員依序起身，伸展四肢，頻頻哈欠。陽光渾身發顫，爬到甜心面前接受指令。

「你有睡嗎，陽光？」幸運問。

她對他投以感激的目光，「睡了一點，謝謝你。」

可憐的小陽光，幸運心想，**她是如此努力**。

「狩獵犬與巡邏犬。」艾爾帕在角落發出召集。「你們前往長爪的其他屋舍勘查，甜心負責領頭，瑪莎與黛西跟她一起去。」

「眞的嗎，艾爾帕？」黛西使勁搖擺著尾巴，難掩她的驕傲。

艾爾帕翻瞪著眼睛說，「你是栓鍊犬，熟悉長爪的習慣，善加利用這點找出我們必須知道的事。瞧瞧我們是否可以留在這裡，把這裡當成基地，或是應該離開。」

黛西吐出舌頭，低吠，表示同意。但幸運卻發現自己頸背高聳。艾爾帕爲何將他排除在偵查隊的名單中？他是隻城市佬，艾爾帕不也經常提醒他這點！

難道他這麼做是在鄙視我？

幸運轉身面對黛西。「你要我示範如何開啓美食屋的門嗎，黛西？要我向你解釋如何從腐食桶挑出可以食用的部份？」

「這眞是太好了。」黛西低下頭，目光左右來回移動。「我眞的不知道要如何處理這些事，幸運。」

艾爾帕抬頭，望著幸運。「如果你對我指派的人選有意見，大可直接說。」

「爲什麼不選我去，艾爾帕？」幸運大膽詢問。「你可以藉助我的能力。」

艾爾帕檢視著自己的腳爪。「我認爲黛西跟瑪莎更能勝任這份工作。」

幸運倒抽一口氣想要爭論，但是費瑞在他開口前急忙插嘴。「艾爾帕，你爲什麼不派幸運去？他跟栓鍊犬一樣對長爪的住宅環境瞭若指掌，而且能夠獨自在城市裡生活，栓鍊犬們卻辦不到。」

「他說的沒錯，艾爾帕。」黛西接著問，耳朵向後豎起。「幸運是個萬事通。」

「我也這麼認爲。」史奈普說。

「這點對我來說眞是再明顯不過。」貝拉默默說著，幸運與她目光相接，很高興有她支持。

「我同意。」甜心靜靜回應。「我也認爲幸運應該去。」

「拜託你，艾爾帕。」瑪莎說。

有那麼一刻，艾爾帕的黃色眼瞳冷冷閃著怒火。幸運試著壓抑自己猛力甩動的尾巴。艾爾帕現在也不能繼續堅持下去，如果他這麼做，那麼他便是將個人的好惡置於狗幫的利益之前。

艾爾帕噘起嘴，表情變得狡猾。「我讓你當上狩獵犬，不是嗎？你的工作是去獵食。你跟費瑞、史奈普、布魯諾和麥基前去森林尋覓食物。大雨過後，很難搜尋到獵物，我們必須補充所需的食物。我們不要吃長爪留下來的垃圾，這是你們最後一個晚上吃了。」

「但是還有好多吃的……」費瑞率先開口。

「我才是狗幫的老大。」艾爾帕大聲咆哮。

「你只有在……」幸運來不及制止自己便脫口而出，不過他立刻住嘴，免得說了不該說的話。畢竟，他有何立場可說？艾爾帕難道不是只在容易做決定的時刻才當家做主？接在甜心之後做決定，假裝一切皆出自他的想法？

狗幫所有成員繃緊神經靜靜望著他。「是你在帶領這個狗幫。」幸運把話說完。

「沒錯。」艾爾帕裸露出牙齒說，「我已經決定了巡邏犬的代表，不容更動。」

幸運低頭表示贊同。至少，他被指派前去獵食，但是艾爾帕的固執卻激怒了他。這一招簡直狡猾至極，稱不上聰明。狗幫所有成員爲什麼不能夠留在這裡比較安全？目前最要緊的是找到足夠的食物，並選擇長爪的住處作爲絕佳的避難處，幸運的價值才能夠眞正發揮出來。但是艾爾帕卻出於個人恩怨，枉費幸運曾在城市生活過的經驗。

幸運慶幸自己能夠離開艾爾帕與美食屋，很高興有機會再度接觸荒野，他的鼻腔留意著獵物出沒的氣味，微風刺骨、清新吹拂在他的皮膚上。待狩獵隊伍離開城市，費瑞與史奈普總算鬆了一口氣。

「感謝天犬。」費瑞開口說，「我終於再度踏上草地！硬石子路令我的腳掌發疼。」

「我也是。」史奈普跟著附和。「我的腳爪肯定都給磨鈍了。」

幸運驚訝地望著他倆。他也一樣很開心能夠腳踩著涼爽的地面，這是眞的，但是眼前這兩隻強悍的狗難道會受到硬石子地面如此巨大的影響？

他望向布魯諾與麥基，這兩隻栓鍊犬雖然並未抱怨硬石子路，卻也不若在長爪的屋舍內那般靈巧。泥土在他們的腳爪間結塊，身上則鋪了厚厚一層泥巴。

每隻狗都得面對自己的問題，幸運內心不禁嘆氣，**我們都得學會適應**。

一旦他們進入濃密的森林，狩獵犬的步履愈發謹慎，他們在矮樹叢與長了青苔的樹幹間小心前進。光線昏暗，雨後凝結的薄霧飄在殘留的樹葉上。在這樣的環境之下很難搜尋到獵物的蹤影，然而獵物同樣很難嗅聞到他們的氣味。

麥基與費瑞在狹小的林間空地停下腳步，兩名優秀的狩獵犬抬起頭嗅聞著潮溼的空氣。狗兒們全都敏銳地豎起耳朵，遠方一隻鳥兒發出微弱的叫聲，費瑞瞇起了眼睛。

「我聞到了不尋常的氣味，只是不確定是什麼。」大狗喃喃說著。

「我們也只聞到這個味道。」布魯諾指出，「最好跟著它。」

「好吧。」費瑞同意。「但是千萬小心，以免遭遇上獾、土狼……或是巨毛怪。」

幸運渾身發顫。上回遭遇巨毛怪的記憶仍印象鮮明地留在腦海——他的臉上有著一雙發怒的小眼睛，頭上長著一對圓耳朵，巨大的黑色軀幹毛茸茸的，配上銳利的爪子，棕色的鼻子下方張著咆哮的血盆大口。沒有任何一隻狗膽敢在這隻巨大的野獸面前逞英雄。

「希望別是其中一隻，我現在可沒心情與對方激戰。」史奈普冷冷說著。

布魯諾卻出自肺腑之言說，「我不知道欸，抓到巨毛怪帶回去給艾爾帕可以讓大夥飽餐一頓。」

「嗯。」費瑞笑了出來，「希望你是在說笑。」

「最好是個玩笑話，布魯諾。如果讓我見到巨毛怪，我肯定拔腿就跑。」幸運說，「我可是警告過你囉。」

「我同意你的想法，幸運。」大夥穿越森林時，史奈普開口說。

「我也是。」麥基神色緊張表示附和。

「噢，別擔心，不可能會碰上巨毛怪。」費瑞笑著說，話才說完他的耳朵便往後一豎，倒抽一口氣。「我的老天……」

他在眾狗面前止住腳步，笑鬧聲嘎然停止。

「我們遭遇的對手不是巨毛怪。」他大聲喊道，頸背高聳，腿部僵硬。「是一群狗！」

兇猛的吠叫聲劃破空氣，在林間迴盪。

「他們就在正前方！」幸運發出咆哮。**正向著我們的方向而來。**

第八章

費瑞站在原地，怔住不動，因自己一時疏忽置大夥於險境而害怕不已。幸運知道自己得取代大狗發號司令，即便只有短暫。

「所有的狗繞成圓圈，形成嚴密的作戰隊形！」

幸運慶幸他們打從上回與猛犬發生一場浴血之戰後，狗幫進行過演練與訓練，才不致於面對敵人時感到恐懼。麥基、史奈普與布魯諾立刻排列成防禦隊形，彼此聚攏一塊兒，絲毫沒有表現出驚慌失措。費瑞則從痛悔與驚嚇中回過神來，他甩動身體，站在幸運身邊就定位，肌肉繃緊，準備迎向即將面臨的挑戰。

他們聽見這群狗穿過矮樹叢朝向他們而來時，踩過樹枝與乾燥樹葉發出沙沙聲響。**對方有幾隻狗**？幸運思忖。**九隻**？**十隻**？**或是更多**？他們肯定比費瑞牽領的巡邏隊數目還多。幸運繃緊渾身肌肉，齜牙咧嘴。如果對方是猛犬的話，他與狗幫的成員們絕對不會束手就擒。

從前方矮樹叢衝出來的第一個帶頭的敵人並非猛犬，幸運感到鬆了一口氣。這隻陌生犬體型壯碩，長長的棕色毛髮夾雜著白色的色塊。他張大了眼，露出眼白，在一堆落葉前止步。他瘋狂的轉圈，發出吠叫聲警告他的狗幫。**這麼說，他們也不知道我們會出現！**幸運心想，其他狗在他的身後的空地集結一塊。幸運的內心重新燃起了希望。這支狗幫不過是一群烏合之衆！他們瘋狂地發出警告的吠叫聲時彼此跌撞在一起。身上長了疥癬的棕犬滑進落葉堆中，引發一陣恐慌，「當心！」一隻瘦弱的狗差點跌落在他身上。這群狗或許帶來了威脅，至少，不像刀鋒牽領的猛犬狗幫那般危險。

費瑞牽領的巡邏隊迎向敵人，頸背揚起，發出一致吠叫。

幸好，這支狗幫比起栓鍊犬更加缺乏紀律，幸運狡猾想著。他彎下身去，仔細嗅聞地面。

這個陌生團體似乎感到不甚確定，不時發出吠叫聲，望著眼前的狩獵犬嗅聞著。儘管對方叫聲兇猛，並非充滿敵意。

史奈普突然驚呼，高興喊道。「崔奇！」

幸運吃驚地望著她衝向前方的矮樹叢，一隻棕黑色的瘸腿犬映入眼簾，明顯可見不良於行。的確是崔奇！

即使斷了一條腿，離開狗幫後，他存活下來！幸運不免替他感到高興。**而且他找到了新狗幫。**

接著，幸運卻感到背脊發涼，他驚訝發現崔奇的斷腿整隻不見。是遭人截斷，還是咬斷，他的腿僅剩短短一截，重新長出了皮膚，包裹住這截腿，光滑無毛，不見任何開放性傷口。幸運與布魯諾跟費瑞彼此交換驚訝的眼神。

但崔奇似乎一點也不在意。他朝眼前三隻狗步上前去，動作迅速俐落，回應史奈普的熱情朝她猛舔。

「你們怎麼會出現在這裡，史奈普？還有你們！」他的聲音聽起來帶著喜悅卻充滿不安。「我還以為你們在天空出現黑雲之後，找到了新營地。」

「我們是找到了，可是……」史奈普開口說。

崔奇搖搖頭。「不，別在意。時間很緊迫，聽我說，你們必須盡快離開森林。」這隻三條腿的狗緊張地向後回望。「現在！」

幸運張嘴想要詢問原因，不過樹枝斷裂的巨大聲響令在場的狗忍不住抬起頭。

從矮樹叢鑽出來的傢伙，跟費瑞一樣是個大塊頭。身上的短毛夾雜著一個個醜陋的禿毛區塊，紅腫發炎，方形大臉腫脹扭曲。令人感到不安的是那對眼睛，幸運心想。張大的腫脹眼睛幾乎跟那群不懷好意、偵查環境的長爪們身上的黃色毛皮一樣鮮明。

這隻大狗現身之後，崔奇與狗幫其他成員便趴躺在地，馴服且畏縮。

「叫我無懼！」這隻身上佈滿禿毛的棕犬大聲咆哮。

體型碩大的醜陋犬，輕蔑地打量著眼前的眾狗。

費瑞迅速望了夥伴一眼，步上前，向對方的艾爾帕低下頭以示尊敬。「你好。我們正打算越過你的森林，尋覓新營地，很快就會離開。」

他那雙邪惡的黃色眼瞳閃著光芒，但這隻龐然大物卻不發一語。

「不知身爲領袖的你是否允許我們在此覓食幾天？」費瑞繼續往下說。

幸運豎起耳朵聆聽，大感佩服。這隻模樣看起來凶惡的傢伙應該不會對這樣禮貌性的要求加以拒絕？費瑞向來急中生智、講理，一如壯碩的體格給人堅強的印象，沒有任何一隻狗不會聽進他說的話。

事實上，幸運突然發現費瑞稱得上是艾爾帕的理想接班人選。如果狼犬遭遇不測……甜心將是接替艾爾帕的第一順位，費瑞顯而易見會是接下艾爾帕位置的第二個候選名單人選。

幸運與其他巡邏犬成員充滿期待轉身望向帶著黃色眼瞳的狗，他依舊不動聲色。相反的，他卻開始渾身顫抖，生了疥癬的毛髮隨之起伏，霎時，他爆出狂笑。顫抖變成了巨大的抖動，搖撼著他巨大的身軀。

幸運禁不住瞠目結舌。史奈普朝布魯諾豎起一隻耳朵，麥基則是張大了嘴一副不可置信的模樣，費瑞則瞇起了眼睛。說時遲那時快，對方倏地伸出其中一隻腳爪用力朝費瑞的口鼻一劃。

幸運與其他狗幫成員憤怒發出吠叫，衝上前保護費瑞，不過對方的狗幫成員也隨之反擊，就連崔奇也朝他們發出兇猛的吠叫。

在雙方僵持不下的局面下，黃色眼瞳大狗抬起頭，其中一邊嘴角流淌著唾沫。「我叫做無懼。」他大聲咆哮。「我是恐懼之犬的代表，神靈之犬的王，對我放尊重點！」

幸運嚇得噤口不語，他望向費瑞，見到他正緩緩搖動他那個巨大的頭顱。「你在胡說些什麼？」他大喊著。「我從沒聽過什麼恐懼之犬。」

「的確有其存在！」無懼拉高分貝憤怒回應。「所有的狗都必須對他伏首稱臣。」唾沫從他的嘴邊濺飛，他瞪大了黃色的眼睛。「對他伏首稱臣。！」

在他四周的狗幫成員們莫不渾身發抖，匍匐在地，每雙眼睛帶著恐懼凝視著他的臉。

無懼憤怒地以腳爪抓扒地面，落葉紛飛，地上留下了爪痕。「你們從哪裡來的？這裡不歡迎陌生狗。狗中之王也不願分享他的獵物！」他一個轉身，再次高舉其中一隻大腳，幸運緊張地閃躲一旁，不過這回無懼的腳爪則是用力朝他的手下的前腳一擊。

嬌小的短毛棕犬痛苦且畏索地發出哀號，無懼狗幫的其他成員們嚇得顫抖不已。幸運不禁寒毛直豎。什麼樣的領袖會沒來由對自己的手下出此重手？費瑞搖搖頭，望著眼前這一幕，憤怒地發出吠叫。

「你瘋啦，你跟那些捏造的神靈之犬的故事一塊去找真正的地犬吧！我告訴過你，我們只是路過。我的同伴跟我會在這個森林獵食，根據森林之犬的律法我們享有這樣的權利。如果你們識趣的話，你跟你這個可悲的狗幫最好別擋了我們的路。」

「你！」無懼對著他剛才打傷的那隻短毛犬下達命令。「攻擊入侵者！」

這根本不構成威脅，費瑞開心與幸運交換眼神，幸運不禁搖起頭。**真荒謬**，他心想，**那隻小狗根本不是費瑞的對手！**

但這隻小狗只能遵從艾爾帕的命令，她嚇得睜大了眼。她朝費瑞的頭部猛衝，對他瘋狂地又抓又叫。

費瑞一時受到驚嚇，將小狗擊退，讓她跌落樹葉堆裡，但是她立刻跳起身，朝費瑞猛衝，齜牙咧嘴。幸運渾身僵住，無法干預。費瑞肯定不接受任何協助，小狗的舉動簡直荒謬至極！

費瑞將她打往一旁，這回他衝向前，將他的大腳掌拍向她的腹部，將她壓制在地。然而這隻狗卻掙脫開來，再次朝費瑞猛撲。

費瑞試圖閃躲的當口，他的目光瞥向無懼，感到不可置信。他見到這隻瘋狂的大狗拚命憋住氣，彷彿想要笑出聲來。幸運渾身發顫，他在麥基與布魯諾臉上同樣見到了不安的表情。

「現在！」無懼大吼。「奉恐懼之犬的名，發動攻擊！」

幸運及其同伴們立刻就作戰隊伍就位，不過他們根本不是無懼所率領的狗幫的對手。**我們寡不敵眾**，幸運心想。

無懼站在隊伍後方，朝他的手下們的臀部又咬又抓，逼迫他們上戰場。幸運朝第一隻向他猛衝而來的狗發出咆哮並且朝對方猛咬，對方不甘示弱拼了命亂吠，胡亂抓扒。他見到右側的史奈普被迫與崔奇對戰，她不過朝他吠叫，他便想要發動攻擊。

「崔奇！停止！我們曾是狗幫的同伴！」

崔奇卻朝她的身上給她一記重擊。他可不像其他狗那般發狂，不過他的眼神卻閃過一絲絕望，並未遵從無懼的命令住手，而是繼續齜牙咧嘴。即使幸運擊退了自己的對手，他也看出其中的道理。無懼的「領導」策略也許瘋狂卻十分有效。

這招在他身上見效，幸運心想，**但是他如何能以這種姿態作戰？這麼做有違一隻狗的榮譽！**

費瑞正以兩隻腿想將那隻發狂的小狗壓制在地，儘管她依舊拼了命掙扎，不斷發出瘋狂的咆哮與吠叫，不過此時一隻瘦弱，生了疥癬的黑狗卻掛在他其中一隻耳朵上。黑狗的眼珠在眼眶中打轉，又黑又大的眼睛令幸運覺得它隨時會彈到頭頂上。

「撤退！」費瑞大喊。「所有狩獵犬先行撤退，沒必要繼續奮戰！」

費瑞將喉嚨上不斷朝他猛咬的棕犬用力甩向一旁，一個轉身朝森林前去，幸運跟其他夥伴則緊跟在後。幸運明白這是他們唯一能做的事。費瑞的作法並沒有錯。沒有必要與那些受制於領袖的命令，害怕得拼死也要攻擊敵對的狗群繼續打下去。

幸運上氣不接下氣，與其他同伴不停奔跑，直到他的四肢與胸口發疼，他們不費吹灰之力就能趕過那群流氓。相信他們很快就會放棄追趕逃出森林的獵犬吧？

他們從樹叢衝出來到草地後，幸運冒險回頭張望。起初，並未出現任何動靜，接著，令他感到恐懼的是無懼的狗幫竟從樹叢衝了出來，他們不斷發出吠叫，方寸大亂，儘管身手並不矯健，卻仍舊緊追在後。

「他們瘋了不成？」他氣喘吁吁對費瑞說。

費瑞的目光露出驚恐。「我想他們的確是瘋了，至少他們的艾爾帕如此。」

幸運從他們沉重且笨拙的步伐瞧出這群窮追不捨的狗幫筋疲力竭，他們還是追了過來，從矮樹叢各個方向鑽出，憑恃著決心向前奔跑。

「返回美食屋！」費瑞大喊後，朝長爪的聚落第一條出現的黑色硬石子奔去。

幸運懷疑單憑長爪的屋舍能否阻擋得了這群發狂的狗幫，他聽見他們氣喘如牛的喘氣聲，以及緊追在後的腳步聲，在牆壁與屋舍間迴盪。

「他們害怕無懼。」他上氣不接下氣對其他同伴說，「他們會聽從領袖下達給他們的命令，他要求他們緊跟在我們身後！我們卻將他們指引至我們的營地！」

費瑞減緩腳步，焦慮地望向身後。「我們別無選擇。」

「這群狗誓死奮戰到底。」幸運邊跑邊喘著氣。「他們懼怕艾爾帕簡直到了失去理智的地步！我們的狗幫或許可以擊敗無懼，但我們卻得一一解決他的手下，就連崔奇也包括在內！」

「這一切都是無懼的錯。」費瑞說，「必要的話，我們得將他們消滅殆盡。」

「我們當眞要這麼做嗎？對一群瘋狗？你知道我們說不定會犧牲幾名夥伴。」

「那麼你有什麼提議，幸運？永遠這麼跑下去？他們不會善罷甘休的！」

布魯諾加緊步伐，衝向幸運與費瑞面前突然說道。「我有辦法了，跟我來！」

他們繞過轉角，身材魁梧的搏猛犬領著他們進入狹窄的巷弄，沿著破損的花園圍欄向前奔跑。才跑到一半，他便匍匐在地，扭動身軀穿過圍欄下方。

「我以前追逐過利爪。」他氣喘吁吁說著，幸運跟著他依樣畫葫蘆，費瑞、麥基與史奈普隨後跟進。他們起身後，望著長爪坐落於花園中央棄置的屋舍。

「我以前曾繞著主人的房子追逐利爪，我認爲那隻癡肥的老傢伙挺喜歡這個遊戲，那是當時我學到的小花招。」布魯諾說完開始繞著長爪棄置的屋舍跑，邊跑邊將尖銳的小石子灑向地面。

其他四名同伴見狀彼此交換困惑的眼神後便跟著照辦。布魯諾領著同伴繞行房子數回，最後就連幸運也不免覺得這隻老狗就跟發了瘋的無懼沒有兩樣。

接著，他在碎石步道上停下來，依靠在屋舍的牆面堆放的成堆木頭緊鄰在他們身旁。

「我聽見他們正朝我們接近！」史奈普發出驚呼。

「不要緊，我們已經做足了準備。」布魯諾疲倦地吐出舌頭，扭扭他的屁股，望著木材的頂端瞧。接著，他躍上搖搖欲墜的木頭堆，再跳上木頭頂端。他並非一步到位，而是拼了命猛踢著後腿，最後才安全登頂成功。「快跟上！」

其他同伴跟著照辦，急切想要知道布魯諾究竟在打什麼算盤。幸運跳上木頭後，鬆了一口氣。布魯諾卻一個轉身，望著長爪房子的屋頂瞧。屋頂雖然有斜度但不算陡峭，最頂端有一道磚牆塔。

「噢，不。」費瑞發出呻吟。「別再往上爬了，布魯諾！」

「快爬呀！」布魯諾大喊，完全不理會費瑞的哀求，逕自往上爬。他們別無選擇只得照辦。史奈普率先往上跳，接著是麥基，然後輪到幸運，最後才是費瑞，但是他卻無法拖著巨大的身軀成功朝屋頂一躍，只見他開始向後滑，驚慌地發出哀號。

「費瑞！」麥基大喊著，往前一撲，差點沒有抓牢費瑞的頸背。幸運滑下屋頂，將自己的全身重量壓在麥基身上。他們好不容易才將胡亂抓扒的費瑞拉向屋頂邊緣。一等費瑞的後腿找到施力點，他們全都躲進磚牆塔內。

大夥氣喘吁吁，睜大了眼，但布魯諾卻說，「現在我們耐心等候，別輕舉妄動！」

幸運壓根兒不想移動，剛才他險些滑下屋頂，砰的摔落在地。他幾乎不敢向外查看，卻見到無懼率領著他的狗幫進入了花園，拼了命要鑽進破損的圍欄。

「快逮到入侵者！」他大喊。「奉恐懼之犬的名，殺光他們！」鼻子嗅聞著地面，這個行徑怪異的狗幫大步奔向長爪的房子，繞著牆面開始奔跑，他們彼此推擠、互咬，七嘴八舌指著方向。

「這裡！」

「不，他們往回走了，那裡才對！」

「別擋路，唉唷！」

他們繞行兩圈後，狗幫半數成員開始折返，他們帶著疑惑，循著來時路往回走。他們撞在一塊兒，引發更多打鬥與啃咬。

「他們不見蹤影！」嬌小的短毛犬說，「消失了！」

「別傻了。」無懼大聲咆哮。「快把他們給揪出來！」

毛髮粗硬的黑狗匍匐在地，顫抖著身子爬向無懼。「是真的，無懼，他們全都不見蹤影。」

「或許天犬將他們全帶走了。」另一隻狗小聲說。

「天犬不敢這麼做！」無懼怒不可遏。「恐懼之犬掌管了天犬！快把他們給我找出來。」

無懼的眼睛突出，嘴角淌著唾沫，他倒抽一口氣之後渾身僵硬，全身開始顫抖，彷彿自身引發了一場大咆哮。幸運與其他同伴在屋頂上望著眼前這一幕嚇得瞠目結舌。對方的艾爾帕頭部突然間虛軟無力，口吐白沫。

無懼的狗幫卻似乎不怎麼受到驚嚇。他們並未哭天搶地，而是繞著領袖圍成一個圈，大狗倒臥在地時，保護他免於受傷，他的腿壓制在身體下方。他側向一邊，渾身僵硬，不斷抽搐與顫抖。他的手下們卻不敢正眼瞧他，而將目光朝向外，提高警覺，頸背高聳，對於領袖的劇烈痙攣與嘴角吐出的白沫完全不加理會。

「怎麼回事？」史奈普在幸運的耳邊小聲說。

幸運搖搖頭，一時說不出話，他從沒見過這樣的事。無懼是否將要命喪黃泉？**但是他的狗幫為何不對他伸出援手**？

無懼的痙攣逐漸減弱，最後一陣抽搐後，他便平躺在地。他的身體起伏，舌頭吐出。他舔舔嘴角的唾沫，一個轉身，站了起來。他的模樣看起來相當虛弱，彷彿不知道自己身在何處。

他的狗幫成員朝他聚攏，帶著敬意舔舐著他。

「無懼！你終於清醒過來了。」

「你總在最後恢復意識，謝謝你，無懼。」

「恐懼之犬究竟說了什麼？快告訴我們。」

無懼那雙眼睛依然沒變，他的黃色眼瞳閃著光，瞪大了眼。「恐懼之犬告訴我……我們必須返回營地。」他的聲音如鯁在喉。

「現在？」小棕犬問。

「立刻動身。」無懼顫抖的腳掌朝她的臉上一揮，這次卻沒有正中目標。「他說……我們要殺光任何一隻陌生犬，只要見到他們的蹤影絕不留活口。現在快去！」

他們一個轉身，立刻飛奔離開，他們拼了命鑽出圍欄，無懼則跟在他們身後蹒跚離開。幸運看見崔奇停下腳步，回頭張望。接著，他一跛一拐用僅剩的三隻腿追隨他的新狗幫。

「呃。」布魯諾最後開口說，「這件事眞是詭異。」

麥基則渾身發顫。「幸虧你帶著我們躲在這兒，布魯諾，否則我們早就沒命。」

「我也這麼認爲。」費瑞甩動著尾巴，壓低了嗓子說，「幹得好，布魯諾。」

「雖然這是利爪給你的靈感。」史奈普接著答腔，淘氣地蹭著布魯諾。「你覺得呢，幸運？」

「我們的確逃過一劫。」幸運顯得若有所思，對他來說剛才宛如一場死裡逃生，令他渾身不自在。先是遭遇了猛犬，現在又遇上一群瘋狗。無懼剛才又是怎麼一回事？**難道真有所謂的恐懼之犬掌管其他的神靈之犬，對無懼下達命令？**

一想到此，幸運不免寒毛直豎。「我們返回營地去吧。」他提議，雖然他對於空手而歸感到害怕。艾爾帕會怎麼說？他對於他們遭遇其他狗幫的事有何看法？

「我同意。」費瑞點點頭。「艾爾帕必須知道發了狂的無懼這號人物，愈快愈好。」他猶豫地站在屋頂邊緣，然後朝木頭堆一跳。

「你認爲他是眞的發狂嗎？」麥基跟在費瑞身後縱身一躍。

「像隻被關進籠裡的利爪般抓狂。」費瑞回答。

「他剛才究竟發生什麼事？」史奈普問。「他出現痙攣與抽搐的狀態並不尋常！你們認爲他是眞的在跟這個『恐懼之犬』交談嗎？」

「沒這回事。」幸運回答，他希望自己能像聽起來這般確定。

他的目光望向森林外的一片草地。他很高興知道有其他狗也在這場大咆哮中活下來，但他們究竟是何方神聖？他們的瘋狂源自大咆哮，或者應該說整個狗幫受制於他們那個發瘋的領袖？

可以確定的是：無懼並非浪得虛名。

第九章

「這是怎麼回事？」艾爾帕起身，兇猛大吼。「獵物在哪裡？」

巡邏犬返回頹圮的美食屋時，各個低垂著尾巴。甲蟲與荊棘衝上前迎接他們的父親費瑞，月亮的尾巴拍打著地面，豎起兩隻耳朵。狗幫其他成員們則不動聲色，必恭必敬望著艾爾帕，屈服在他的震怒之下。微弱的光線投射出長長的影子越過室內。**我們當真離開這麼久**？幸運心想。

費瑞走上前，迅速在荊棘的耳朵上舔了一下，然後一臉敬意站在領袖面前。「很抱歉，艾爾帕。事情發生太突然，超過我能掌控的範圍。」

「解釋清楚！」艾爾帕大喊。

費瑞低下了頭，幸運注意到他不像其他狗那般匍匐在地，對他油然升起敬意。「我們遭遇一個帶著敵意的陌生狗幫。」

「不是碰上猛犬？」艾爾帕臉上突然閃過一絲警覺。

「不。是另外一個狗幫。」

在場的眾狗紛紛發出驚呼。

「一整個狗幫？」史奈普瞪大了眼睛，耳朵豎起。

「沒錯。」費瑞默默回答，他抬起頭，一一望著狗幫的成員。「帶頭的還是隻瘋狗。」

艾爾帕噘著嘴，一副不可置信的模樣，不過他的目光仍直視著費瑞。「瘋狗？怎麼個瘋法？」

「發了狂似的。」費瑞對他說，「出現類似溺水的症狀。」幾名狗幫成員倒抽一口氣，不安地發出低吠。「不僅如此，他雖然口吐白沫，而且發生痙攣，卻仍掌控一切。場面完全沒有失控，他利用恐懼統治他的狗幫。」

幸運望向艾爾帕，只見大狼犬緩緩點著頭。幸運不知道是否該替費瑞幫腔，詳加描述事情始末，對狗幫提出警告。不，幸運暗自決定。**這件事我該讓費瑞做主，他跟狗幫領袖的關係比起我密切多了。**

艾爾帕不屑說著。「恐懼或許能夠統治其他狗幫，但是不一定能控制得住你！你竟讓一隻瘋狗把你趕出狩獵區？」

費瑞偏斜著他的大頭，舔著嘴。他緘默良久之後才回答領袖的問題，在幸運看來，大狗似乎在壓抑自己的脾氣。「這只是暫時，艾爾帕。我不能讓我的同伴們冒險獵食。這支狗幫的成員似乎受制於他們的領袖，願意替無懼做任何事。他們甚至準備解決掉我們的性命。」

「無懼？」艾爾帕皺縮著鼻子問。「那是他的名字？」

「是的。」費瑞回答。

艾爾帕發出訕笑說，「我明白了，無懼是隻瘋狗。我猜想你們應該別無選擇，但是你們卻空手而歸，費瑞，你們一無斬獲返回營地。」

「很抱歉，艾爾帕。」費瑞顯得十分冷靜。

「儘管如此。」艾爾帕繼續往下說，「我不容許這種情況發生，我們必需找那傢伙算帳，但這段期間，」他拉高分貝說，「狗幫的成員必需餓著肚子，這都得怪罪於你。」

費瑞立刻滿臉羞愧。「我明白，艾爾帕。」大狗再次望向自己的孩子與月亮。顯然，幸運心想，他覺得辜負了家人的期望。**但這一點都不公平，這根本不該怪罪在費瑞頭上，而是那個無懼**。

幸運本該替費瑞解圍，不過太遲了。艾爾帕逕自起身，目光直視著眾狗，憤怒說道。

「你們誰也無法替他擔下這份責任，誰都別想！」幸運感到有些吃驚，狼犬此時正怒視著甜心。「甜心也沒達成要求，她告訴我找不到食物。呃，這樣還不夠好！你們得牢記自己的責任。狗幫不是單為一隻狗而活，或是替少數幾隻狗的安危考量。團體生活重視的是承諾與犧牲。你們給我牢牢記住！」

幸運感覺到自己的頸背高聳，忍住內心的不耐，將他的眼睛從艾爾帕直視的目光中移開。現在根本不適合和對方開戰。**這簡直稱不上領導**，他內心感到惱火，**而是恫嚇**。

「或許我們應該離開這裡。」月亮緩緩說著。「我不認為繼續留下來有什麼好處。」

「我認為月亮說得有理。」達特輕咬著她的腳。

「至少這地方很溫暖。」黛西怯生生說，「而且可以躲避可怕的酸雨。」

「如果不能找到吃的，躲在這裡也沒有用。」月亮說，儘管她的聲音很溫和。

「我們不能空著肚子趕路。」布魯諾抗議。幸運幾乎聽見同伴飢腸轆轆的肚子發出了叫聲。

「我看不出來如何能立刻填飽肚子。」春天說。

艾爾帕顯然失去了耐心。「明天天亮之前，我們哪都不去。你們全都好好睡上一覺。既然沒有東西可吃，你們應該好好保留精力。」

他瞪視著狗幫，沒有誰敢爭辯。於是大夥帶著不滿緩緩走向各自休憩的地點，然而幸運卻聽見了他們彼此耳語與驚恐不安的低聲交談聲響。

「還有其他狗也跟我們一樣活下來，待在森林裡生活。」

「他們並非善類……而是帶著敵意的陌生狗。」

「我不知道這意味著什麼。」月亮小聲對費瑞說，「不過肯定不是好事。」

這是個漫長而不安的夜晚。幸運在漆黑的夜裡起身，伸展四肢，繞行走動，試圖擺脫內心的空洞，飢餓的痛苦令他輾轉難眠。他舔著嘴，企盼能夠再度一嚐美食屋內那些冰冷、發了霉的米飯。

他聽見身旁的陽光輕輕發出呻吟，其他同伴則抓扒著硬木板。顯然，大夥都感覺到飢餓難耐。一陣雨降下，打在美食屋的鐵皮屋頂上。黛西說得沒錯，

要離開遮風避雨的地方並不容易。但是森林裡有無懼在，拒絕答應讓我們獵食，我們不得不離開這裡。

幸運嘆口氣，闔上眼。無懼抽搐的那一幕一直盤旋腦海，他忍不住渾身發顫。這隻狗究竟在發狂的狀態裡見到了什麼？

當真有無懼之犬跟他交談？

房間另一頭的費瑞眼神閃著光芒。或許他也正想起無懼，以及他們不得不做出的選擇。

幸運害怕自己無法成眠，不過當他再度睜開眼睛，升起的太陽之犬早已在美食屋內灑滿了陽光。他站起身，輕聲喚醒身邊的史奈普，蹭蹭恬恬的耳朵。

「我們準備啓程了嗎？」他問艾爾帕。狼犬早已起身，留意周遭的一切，他站在美食屋的門邊，皺縮著鼻子，嗅聞空氣。

艾爾帕緘默好一會時間才回答，最後他轉身望向幸運，臉上的表情充滿鄙夷。

「不。」他輕聲說，「我們還不準備離開，得在這附近找些吃的。」

「但甜心不是說……」

「甜心不是城市佬，對吧？」艾爾帕噘著嘴。「你才是，幸運。你不是一直提醒我們這點。」

「如果眞找不到吃的，我也莫可奈何。」幸運抗議。

「這裡曾聚集了一窩長爪。」艾爾帕說，「你不是對他們挺瞭解的，不是嗎？還自誇他們如何分送食物給你，以及你如何憑藉著機智存活。呃，幸運，我倒想瞧瞧你是否還保有這些讓你引以為傲的機智。」

幸運怒視著他的領袖，露出牙齒。「長爪們早就不見蹤影，我現在生活在荒野，跟你一樣是隻狩獵犬！」

「你沒法餵飽你的狗幫，稱不上狩獵犬。」艾爾帕回應。「讓我瞧瞧你的本事，在這個長爪們的地盤上找到獵物，否則你將被降級至巡邏犬。」

艾爾帕甩著尾巴，轉過身，下達命令。「春天！我要派遣狩獵犬出任務，由你領頭，挑選你的隊友，在我們離開前找到食物。」艾爾帕並未正眼瞧幸運一眼便轉身離開，腳爪踩在地板上嘎嘎作響。狗幫其他成員此時從睡夢中甦醒過來，透過破損的窗玻璃灑進屋內的陽光令他們忍不住眨了眨眼睛。

春天開心地走向幸運身邊，顯然不知道他跟艾爾帕之間的爭執。「我們要帶甲蟲與荊棘一起前往。」她大聲宣告。「累積愈多的狩獵經驗對他們來說較好。」

兩隻幼犬豎起耳朵，興高采烈加入幸運與春天。幸運見到他們身後的恬恬臉上落寞的神情。她的耳朵下垂，一雙大眼充滿著悲傷。

「找恬恬去如何？」他小聲對春天說，「她很優秀。」

「好啊。」春天回答。「恬恬！你也一起去。」

恬恬急忙加入他們的行列，幸運不免注意到回頭張望時，一雙憤怒的目光盯著他瞧，他聽見狼犬發出隆隆的低吠聲。但是艾爾帕卻不發一語。他無話可說，幸運心想。**恬恬跟其他兩隻幼犬一樣，有權前往狩獵。如果他阻擋狗幫成員前往接受磨練的機會，那麼他不配稱為一個領導者。**

「你來帶頭吧，幸運。」五隻狗結伴離開美食屋，迎向溫暖的陽光時，春天這麼對幸運說，「你對長爪的地盤較熟悉。」

棕黑獵犬的聲音不像艾爾帕那般帶著輕蔑，幸運帶著感激望著她，他領著巡邏小隊前往硬石子路。「我很樂意，春天。雖然我不知道這個頹圮的地方能否找到吃的。」

「我知道。」她充滿無奈，「不過值得一瞧。順道給年輕一輩鍛鍊肌肉的機會。」

她說的對，幸運心想。春天選擇幼犬們加入巡邏小隊很聰明，不僅是爲了增加他們磨練的機會，再者，這麼一來，他們將可以暫時別把心思放在飢餓的肚皮上。甲蟲、荊棘與恬恬豎起了耳朵，抬高鼻子嗅聞空氣，不過他們似乎挺開心而且興奮。荊棘以前腳逗弄著恬恬，甲蟲趁她分心時跳往她的背後，一陣嬉鬧。三隻幼犬在充滿裂隙的硬石子路面打起滾來，開心地叫鬧著。幸運很開心見到春天並未對他們加以責備，而是放任他們恣意玩耍。

「很開心見到他們彼此相處融洽。」幸運壓低嗓門對她說，「恬恬並未怨恨甲蟲與荊棘取得了他們的名字，他們也並未因此看輕尚未起名的恬恬。」

「的確。」春天嘆口氣。「成長對幼犬們來說是件複雜的事，就連親手足也未必能和平相處。重點在於像個眞正的狗幫學習如何合作無間。我記得崔奇跟我……」她拖長了聲音，感到不勝唏嘘。

幸運以鼻子輕輕蹭著她。「崔奇過得很好。」他對她說，「他找到了新狗幫保護他，這是最重要的事。」

春天甩甩塌平的耳朵。「我忍不住替他擔心。儘管他是我的親兄弟，但我們向來處不來，但我不希望見到他受到任何傷害，或是染到瘋狗病。」

「他看起來還算正常。」幸運向她保證。「我想無懼是狗幫裡唯一發瘋的狗，正因爲如此其他狗才會如此懼怕他。事實上，崔奇曾想要警告我們無懼的存在。我相信如果他感覺到生命遭受威脅，就不會選擇留在他的身邊。」

他默不作聲，尷尬地轉身回望在一旁打鬧的幼犬們。**我對這點並沒有如**

此把握。崔奇應該是無路可去，才會選擇這樣的生活，留在那隻發狂的領袖身邊？

幼犬們的嬉鬧打鬥聲打破四周的寂靜。最後，春天嘆口氣。「他的腿如何？看起來很糟嗎？」

「噢。」幸運吃了一驚，回過神，發現自己還沒告訴她這點。他打了一個寒顫，記起醜陋的斷腿殘根，以及覆蓋其上的光滑皮膚。「崔奇的腿……」

「怎麼了？」她豎起耳朵，感到驚恐。「情況很糟嗎？」

「不是很糟，而是他……」幸運舔著嘴，一臉尷尬。

「怎麼回事？快說啊！」

「他的腿……不見了，春天。可能被咬斷了。」

「什麼？」春天顯得十分震驚。「爲什麼這樣？他沒事吧？」

「他很好，眞的，沒事。」幸運舔舔她的耳朵。「說眞的，我覺得少了那條腿倒好，拖著一條瘸腿老是帶來麻煩。」

「但是他要怎麼行走、獵食？」

「他能夠跑跳，我向你保證！」幸運對她說，「他適應得比從前還好，你眞該瞧瞧他跟同伴們追逐我們的模樣。」

「真的？」春天偏斜著頭，滿懷著希望，接著豎起耳朵。「呃，很高興聽見你這麼說，雖然對於他們追逐你這部份感到不滿。」她立刻加以補充，然後她拉高了音量。「甲蟲、荊棘與恬恬！別打鬧了，我們應該前往獵食！」

她顯然並不想要繼續談論崔奇，這點令幸運鬆了一口氣。目前最要緊的就是快點找到食物，填飽肚皮前，他們無法啓程。幸運試著不去想崔奇的事，他瞇起眼，試著開始回想。**我過去如何在長爪的地盤上找到吃的？我得回想過去的各個招式**。

他差點沒留意到硬石子路面上與花園內散置的長爪屍體，死亡的氣味不斷朝他襲來。**不見任何活生生的長爪可以分送食物給我，這點千真萬確。不過這裡肯定能夠找到吃的，他們習慣將食物貯存起來**。

微風揚起，建築物之間像在耳語，傳遞到他豎起的耳朵裡。還有小腳踩在地面的聲音，嘎吱嘎吱的聲響？

「這裡。在這棟建築物後方。」他抬高鼻子，讓房子的氣味飄進他的鼻孔。

「我想我聽見了聲音。」

「値得一試。」春天表示同意，抽動其中一隻耳朵。

幸運小心翼翼走向屋子，從瀰漫著死亡的氣味中篩撿可能存在的生物氣味。「老鼠！」他對春天小聲說。

「的確，你說的對。」春天兩眼發亮。「你的鼻子真靈，幸運！」

他回頭張望，三隻幼犬安靜走向前，知道獵物出現後剛才的玩性全沒了。

「門底下有個洞，瞧。」甲蟲吸著鼻子說，「上頭有塊小板子！」

「這道門對你來說太小了。」春天對他說，「那是給曾經住在這裡的利爪出入的洞口，我們得找其他入口。」

「等等。」恬恬顯得有些猶豫，走上前，接著將其中一隻腳按壓在門上，像在測試它的重量。「我想我應該打得破門。」

春天一臉狐疑，抬高其中一隻眼睛。「真的，恬恬？門很難可以破壞得了。」

「或許你說的沒錯。」恬恬朝後一退，有些羞赧。「我可不想要做出傻事。」

「不，等等。」幸運及時回應，他突然對眼前這隻膽怯的強壯猛犬子嗣念頭一轉。「春天，讓她試。我們也沒啥損失，反正目前也沒找著其他入口。」

「好吧。」春天聽上去依舊感到懷疑，不過她朝門後退了一步。甲蟲與荊棘彼此交換眼神，甲蟲的口鼻微微向上噘。

幸運輕推恬恬替她壯膽。「快去。如果門破了，小心裡頭不知會鑽出什麼東西，老鼠十分狡猾，得小心提防，別讓他們倒過來追你。」

幼犬緊張地舔舔嘴後，嚥了嚥口水，不過她繃緊有力的肩膀，集結全身的力氣。她壓低了身子，然後奮力朝那道門猛衝。

她被彈了回來，身體搖晃不已。大門的門板不過顫動了一下，並未破損。恬恬輕聲發出低吠。

「我認為我應該辦得到。」她瞇起眼睛說，「木板雖然堅硬，不過我應該撞得破。」

「再試一遍。」幸運鼓勵她。

恬恬再次咬緊牙根往前衝，用盡全身的力量衝撞大門。這回幸運清楚聽見剝落的木門發出裂開的聲響。

「門板受損了。」幸運興奮對她說，「再試一次應該就成，恬恬！」

恬恬的喉嚨發出低吠，示意她的決心，蹲坐在地。這次當她奮力往前衝時，她壓低了頭，用盡渾身力氣去撞破那道門。木頭發出尖銳的碎裂聲響，門板朝內傾倒，恬恬跟著摔落在地，滾了一圈。

甲蟲與荊棘發出勝利的歡呼，幸運與春天則凝視著眼前的破門。「我就知道她辦得到！」荊棘大喊。「瞧見沒，甲蟲？」

「幹得好，恬恬！」春天不得不對她大加讚賞。「現在，我們進去吧！」

幸運奮力穿過那道門，不加理會木頭碎片沾在他的毛髮上。其他成員跟在他身後進門時，他聽見門板愈發碎裂的聲響。恬恬已經展開追逐老鼠的行動，她張大了嘴，嘴角還淌著口水。小動物們四處逃竄，爬過桌子，攀上被扯爛的窗簾，還有一大群在腐敗的食物上蠕動著。鼠輩們轉向的短暫當口，幸運發現自己正跟一對發亮的小眼珠彼此四目對望。老鼠與他之間只有一小段的距離，他渾身寒毛直豎。

老鼠吱吱叫著，一個轉身，跑開。其他老鼠跟著尖叫，驚慌四散逃逸，匆忙中彼此踩踏。

鼠輩的數目實在太多，想不抓到都難，幸運追上恬恬前，她已經咬碎其中兩隻的背骨。老鼠洞被一大群嘰嘰喳喳、毛茸茸的傢伙們堵住，其他老鼠別無選擇只得迎向狗兒們，奮戰到底，幸運深知這些被逼至牆角的傢伙會有多殘暴。

春天在驚慌中發出尖聲吠叫，幸運見到有隻老鼠用牠長長的黃色尖牙咬住她的脖子。他轉身衝向她，自己的腿卻被小尖牙給咬住，令他疼得喊出聲來，傷口刺痛灼熱難耐。他將老鼠甩開，朝牠的脖子一咬，免得牠再次朝他猛撲。當他聽見恬恬發出痛苦的叫聲，耳邊傳來甲蟲大喊道，「放開她！」幸運隨後發現甲蟲口中的她是指荊棘，他正將老鼠從她肩膀上抓下來，用力咬在嘴中，將牠搖晃至斷氣。

幸運咆哮著，轉過身，將另外一隻背上的老鼠給抓下來。恬恬則是朝一隻纏住她後腿的老鼠猛咬，因爲聽見房子另外一角傳來駭人的叫聲而抬起頭來。原來是春天痛苦不堪發出的哀號聲。幸運突然打了一個冷顫，**屋內鼠輩橫行**。**或許當初進入屋內的想法大錯特錯！**

「恬恬！」幸運大喊。「快，去幫春天！」

目露凶光的鼠輩成堆撲向春天，對她又抓又咬。其中一隻攫住她的嘴，牠的尖牙朝她的臉龐一咬，兩眼發紅，怒不可遏。恬恬隨即衝向春天身邊，但是當她把老鼠從春天身上拋開時，更多老鼠蜂擁而至，發動攻擊。

幸運奮力甩開身上的三隻老鼠，衝向屋內另一頭，他的腳掌在血漬上打滑。「甲蟲！荊棘！」

兩隻幼犬從各自的浴血之戰中抬起頭，目光炯炯有神。當他倆見到春天受困老鼠群的攻擊，趕緊前往加入恬恬的行列，將鼠輩們一隻隻從她的背部後方抓離。幸運朝那隻咬住春天臉龐不放的老鼠一咬，將牠扯開她的臉，用牙齒將老鼠咬死。他的喉嚨感到作嘔，差點喘不過氣。

在幸運及幼犬的協助之下，春天最後終於擺脫鼠輩的糾纏。情緒激昂的她猛撲向這群鼠輩，對牠們做出反擊，將這些小傢伙們一個個拋向一旁。等到最後一隻老鼠夾著血淋淋的尾巴鑽進牆壁的洞口，五隻狗兒早已面對著眼前成堆的老鼠死屍氣喘吁吁。

甲蟲甩甩身體，舔舐著自己的腿傷。「眞好玩！」他說。

春天依舊用力甩著頭，彷彿老鼠依舊纏住她不放似的。她的口鼻與兩耳因為傷口較深，流淌著鮮血。「很高興見到你樂在其中。」她打了一個冷顫。

幸運儘管喘著氣，卻滿足地望著成堆的獵物。「這趟眞是收穫滿載。大家表現得很好！」他對三隻幼犬說。

恬恬靜靜環顧四周，眼睛閃著光。「你沒事吧，春天？」

「謝謝你。」春天粗啞著嗓子說，「當然也包括幸運、甲蟲與荊棘在內，這群鼠輩眞是難纏。」

「難纏卻可口。」荊棘開心說著。

春天笑著回應。「至少，艾爾帕這回會滿意我們的表現，我們將這些獵物帶回美食屋吧。」

等到春天與幸運將戰利品分配給每隻狗帶回，大夥穿過那道破損的大門時，天空顯得十分清朗，陽光熠熠。天氣如此和煦晴朗而且暖烘烘眞是不尋常，幸運心想，四周遍佈著長爪沒了氣息的屍體，死亡的氣息愈發強烈。總之，今天太陽之犬高掛天空，終於有機會可以飽餐一頓，幸運的心情也跟著開闊。恬恬、荊棘與甲蟲幾乎驕傲地帶著跳躍的步伐走向硬石子路，嘴裡塞滿獵物。春天走在幸運身邊顯得有些一瘸一拐，但是傷口並不太深，她的目光也因為收穫滿載流露喜悅的光芒。

幸運因為咬著滿嘴的獵物而感到痠疼，儘管如此內心卻感到歡喜。恬恬充分向春天證明了自己的能力，大夥也驕傲地帶著豐盛的獵物返回狗幫。五隻狩獵犬甚至包括幼犬在內皆表現得十分稱職。

幸運偕同春天與三隻幼犬返回營地途中，突然感到疲憊不堪，溫暖的陽光令他忍不住放下嘴裡的獵物，心滿意足地喘口氣。**儘管這趟獵食收穫滿載，但是這些老鼠肉能夠餵飽整個狗幫多久？**他們並未解決眞正的問題。這意味著狗幫必須回返無懼看守的森林，或者，乾脆離開這裡，重新尋覓安全無虞的地方。一想到此，幸運突然感到疲弱不振。

想到得再次踏上旅程幸運不免感覺到虛軟無力，狗幫多數成員應該也這麼認爲。不知旅程能否盡快結束？他們得快點找到自己的地盤，一個能夠讓他們自在覓食、養育下一代以及平靜對著月亮之犬嗥叫的地方。

當他們準備穿越長爪的聚落時，一個廣闊、閃著嶙峋波光的水池令幸運難以抗拒。**喝點水應該可以讓我好過點**！他望向春天，他倆同時放下嘴裡的老鼠，停住腳步，在岸邊嗅聞著。

「儘管下過雨，我想這水應該沒問題。」春天啞著嗓低聲說，「水池如此廣闊，雨水應該不至於污染全部的水。」

「我也這麼認爲。」幸運說完便跳進池裡，沁涼灼熱的前腿。幸運毫不猶豫，朝池裡低下頭，開始舔起水來。眞是甘甜！

春天跟進。「噢，的確好過多了。」她開心地舔著淌了水的下巴。「我們放心飲用吧。」

幸運正打算回應，卻緊蹙著眉頭。他的鼻子突然聞到一陣熟悉的氣味。是隻狗幫的狗。但是會是誰呢？他的內心不免感覺到一陣侷促不安。「你先走，跟上其他幼犬的腳步。」他對春天說，「我不會耽誤太久，只想要察看一下。」

「只要你盡快趕上就行。」春天輕聲說著，目光朝向美食屋的方向。她咬起老鼠，準備趕上其他幼犬。

幸運將他的獵物堆在一旁，他知道暫時離開一會兒應該沒有大礙，他必須查明究竟是哪隻狗最近打此地經過。會是哪隻狗幫的狗單獨離開？這氣味如此熟悉。難道是史奈普回頭去找崔奇？

不，不是史奈普。這氣味聞起來更像是栓鍊犬身上的味道，微微的甜味說明狗兒曾受到長爪的妥善照顧並供給不虞匱乏的食物。他們當中沒有誰甩開過這種味道，就算已經在荒野生活這麼長一段時間。幸運沿著地面嗅聞味道追蹤時忍不住顫抖起來。

當他的口鼻撞上木製柵欄時，他眨了眨眼睛。猶豫地舔著嘴。圍欄部分損毀，長長的枯黃雜草鑽進了木板。越過圍欄，死亡的氣味愈發靠近且強烈，同時包括新鮮翻過的泥土，還有狗幫同伴的氣味。幸運奮力將圍欄的空隙拉開，鑽進了長爪雜草叢生的花園。

他撐起後腿站立，留意周遭的動靜，發現自己正盯著黑白狗臉上一對悲傷的棕色眼睛瞧。

「麥基！」他驚呼。「你怎麼會在這裡？」

麥基低下頭，眼睛卻直盯幸運瞧，一臉哀戚，表情堅定。他朝一旁倒臥在蔓生的溽濕雜草上的長爪一個點頭，幸運嚥了嚥口水。

「他如此年幼。」麥基哭喪著臉說，「他就跟我的小長爪一樣大，我在城市裡居住的主人。」

「但是麥基……」幸運提醒自己保持耐心與冷靜，他能夠體會農場犬的感受，雖然他無法替他承擔這份悲傷。長爪看起來如此悲慘，遭棄置在雜草堆上。「麥基，我們無法讓這個長爪起死回生。更何況他不是你的主人，記得嗎。他不過是一名陌生人。」

「我明白。」麥基儘管悲傷卻仍舊固執。「我真的明白，幸運。不過他真的長的太像我的小主人，不論身型、髮色與其他特徵真的很相似。我聞到了他的氣味，不能夠就這樣把他留在這裡，這麼做是不對的。」

麥基的白色腳掌沾滿了泥土與雜草，農場犬在地面掘了個大洞，顯然費了一番勁。地面雜草叢生、盤根錯節早已超過長爪所能控制。

「你要將他獻祭給地犬。」幸運點點頭。

「我希望其他狗也能對我的主人如此，如果我辦不到。」麥基默默說著。

「我瞭解。」幸運嘆口氣。「但是麥基，如果讓艾爾帕發現你跑到這兒來……」

突然間出現的聲音令他回頭張望，雙唇向後噘起。見到了三個熟悉的身影鑽過圍籬他才鬆了一口氣。

「恬恬、甲蟲、荊棘。」他小心翼翼望著幼犬。「你們到這兒來做什麼？」

甲蟲望著荊棘，恬恬則步上前。「春天趕上我們，她說你聞到了其他狗的味道，要前往查看。」

「我們想要確定你平安無事。」甲蟲補充。

三隻幼犬的舉動令幸運很感動。「不過你們的獵物……」

「我們暫時在某處留下牠們，待會再去取。」荊棘對他說，口吻帶著淘氣，「跟你一樣，幸運。」

「我們覺得先來找你比較要緊。」甲蟲說出幼犬的想法。「春天說不要緊。」

「呃，我也覺得沒關係。」幸運開心地偏著頭說，「不過謝謝你們的關心，這是狗幫成員負責任的表現。」

甲蟲與荊棘明顯帶著驕傲。「我們聽見你跟麥基的交談。」甲蟲偷偷望了一眼麥基說，「我們認為麥基的做法很對。」

「他應該按照內心的想法將長爪獻祭給地犬。」荊棘說，「相信地犬也樂於接受。」

她以肩膀蹭蹭甲蟲。他倆與恬恬走向麥基，接著他們開始掘起土來，麥基原本挖掘的淺土坑迅速變成一個很深的洞。

幸運感到既驚訝又感動望著三隻幼犬用他們有力的腳爪掘土。麥基顯得有些吃驚，卻很感激他們的舉動，隨後跟著加入。

他們實在不該把時間花費在這裡，幸運心想，**不過我很替他們感到驕傲。這是團結合作的行為，可不是？體會麥基的感受之後，進而幫助他——即使他們對他一點也不了解。**

我也是這個狗幫的其中一員。幸運拋開內心的不安，前去加入他們的行列，鑿鬆泥土。

多了一個人手幫忙，事情進行得比起麥基單打獨鬥迅速。短短時間，原來的淺坑立刻被鑿得很深，長度足以容納小長爪的身體。甲蟲最後奮力一鑿，接著從溝渠翻上地面。

「我們現在來幫麥基埋了主人，然後再一塊兒返回營地。」荊棘說。

「他不是我的主人。」麥基望了一眼幸運說，「但是他很可能是，所以我才……」

恬恬用舌頭輕舔他的耳朵。「我們明白，麥基。」

幸運再次替這隻小猛犬感到驕傲，不過他很慶幸這回艾爾帕並未在這裡見到眼前這一幕。他十分清楚狼犬不會贊同他們的舉動。

麥基小心翼翼走向長爪的屍體旁，接著咬住長爪覆蓋至肩膀的毛髮。甲蟲跟隨他的動作咬住肩膀另一側的毛髮，他倆輕輕拖住長爪，直到將他扔進掘好的洞裡。兩隻狗氣喘吁吁往後一退，荊棘、恬恬與幸運則以後腿把土撥進洞內，將嬌小的身軀覆蓋住。不久，長爪的身體完全被土壤覆蓋，在花園內徒留一個小土堆矗立在荒煙漫草之中。

大夥緘默良久，有些尷尬，站在墳墓前凝視著。死亡的氣味逐漸消退，新鮮的濃濃泥土氣味取而代之。

荊棘抬起頭，張大鼻孔。「地犬已經把他帶走了，你聞到她的氣味嗎？」

「是啊。」甲蟲跟著附和。「這意味她很樂意庇祐我們，長爪在那裡會過得很好，麥基。」

「地犬會將他置於宇宙中。」恬恬輕推麥基。

幼犬們的貼心話語突然令幸運覺得如鯁在喉。麥基眨眨眼睛，前半身蹲伏在地，將鼻子碰觸著面前的土堆。

「好好照顧這名小長爪，地犬。」他蹲坐在地，發出長長的嗥叫聲。

幼犬們帶著崇敬的心情，待在一旁等候麥基起身，離開長爪的墳墓，然後跟隨在他身後離開。幸運最後回望長爪被埋進的土堆，跟著大夥一塊離開。

他知道甲蟲、荊棘與恬恬在麥基需要他們時給予他安慰。但是把時間花費在這個地方對嗎？他們對於長爪的善後符合情理，但是這麼做造福了狗幫嗎？幸運嘆口氣。**新生活的展開並非一帆風順**。

他們找到池塘後，幸運見到老鼠仍留在原地總算鬆了一口氣。「沒有其他動物叼走老鼠，我希望你們的獵物也一樣安全。」他對其他成員說。

「我很確定不會有事。」恬恬指著太陽之犬投射在水面的波光，接著便低下頭喝起水，甲蟲與荊棘也跟著這麼做。恬恬舔著仍淌著水的下巴。「這裡不會出現其他動物叼走我們的食物，幸運。」

這點或許沒錯，幸運心想，**但是能持續多久？無懼的狗幫就在城外不遠處而且我們尚未見到猛犬狗幫的蹤跡**。幸運叼起老鼠，領著他們返回美食屋。太陽之犬這會兒已來到天空的至高處，前一天晚上降下的雨水所積的水窪也乾得差不多了，邊緣卻留下黃色的浮渣。乾涸的粉末聞起來比起長爪的屍體更加難聞，幸運盡可能避免碰觸這些區塊。很難相信這地方也遭遇上致命的毀滅，這裡的屋舍幾乎完好如初，硬石子路面也不見什麼明顯的裂縫。幸運停下腳步望著一動也不動的籠車瞧，地面留有沾了七彩顏色的血液。液體沾染了其中一個乾涸的水池，發出嘶嘶聲響而且還起了泡沫，幸運聞到了一陣燒灼的刺鼻氣味傳來。

幸運放下嘴裡的獵物，甩甩頭想要擺脫難聞的氣味。麥基、荊棘與甲蟲走在前方，但恬恬落在後頭，所以他放緩腳步等她。

「恬恬，我能跟你談談嗎？」他說。

她放下老鼠，然後蹲坐下來。「什麼事，幸運？我做錯了什麼？」

「不是，是我……」幸運的耳朵平貼充滿困惑，尾巴的尖端拍打著地面。「麥基走在前頭，我只是想說……你的舉動很窩心，但是我不認爲你應該過度慫恿麥基去做剛才的事。」

恬恬抬起頭一臉困惑。「慫恿他？」

「關於長爪那件事。我知道他對於小長爪有特別強烈的感情，但是他不該如此，特別是在這段期間。就像他不願意放手忘記過去，心中仍不斷惦記著長爪。」

「他不過是惦記在心裡。」恬恬也跟著將上半身蹲伏在地，不過她的目光仍望著幸運。「他並不是眞的想要回返長爪的身邊，你知道的。自從你們找到我、大牙跟拉拉後，麥基就再沒離開過狗幫，我看不出來這樣做對他來說會帶來什麼傷害？」

幸運感到氣惱，不過他不知道自己究竟是對恬恬還是麥基不滿。麥基當初將主人的棒球手套遺留在城市後，幸運以爲他終於打斷與長爪之間的連結。現在他什麼也不確定。「他的忠心受到挑戰，你難道沒看出來？他並未一心想要去過荒野的生活，這對於狗幫所有成員來說並不是件好消息。」

「我認爲他很勇敢。」恬恬默默說著。

「什麼？」幸運感到困惑不解。

「麥基去做他認爲對的事。他可以同時效忠長爪與狗幫，你難道沒看出這點，幸運？他就是這樣的一隻狗，如果他把長爪徹底遺忘，那麼他就不是麥基。」

幸運的尾巴緩緩拍打著地面，不知道該如何回答。

「這並非意味他將棄我們於不顧。」恬恬把頭靠在前腿上，目光望著地面。「也不意味他會因此離開狗幫，他不過是想要記住自己的過去，如此而已。」

「我……」幸運望著她，不過此時她並未回望他的眼睛。眞相對他來說宛如當頭棒喝。「你口中說的眞是麥基嗎，恬恬？」

恬恬渾身僵硬，撇過眼睛，兩隻耳朵分別垂在頭的兩側。「我想告訴你，幸運，我……昨天晚上做了一個夢。」

幸運舔舔嘴。「你夢見了大牙？」

「沒錯。不過有別於一般夢境。夢境十分眞實，我彷彿在前一個營地外與他見面。我們倆同時站在河水的分界處，大牙站在那裡，說著他也做了同樣的一個夢。他要我在同一個地點與他碰頭，跟他一塊返回猛犬狗幫。我知道他會在那裡等著我出現。」

噢，不。幸運心想。恬恬你千萬不可以選在這個時候離開……「但是我拒絕了他。」恬恬繼續往下說，「我對他說我想要留在我的狗幫。」

幸運不免感到一陣驕傲。「你的選擇是對的，恬恬。」

「我也這麼認爲。」恬恬的尾巴滿懷著希望搖擺著。「大牙氣急敗壞，說著我會離開狗幫之類的話，如果我不自己離開，那麼到時候刀鋒便會前來讓我知道自己錯在哪裡。」

幸運壓抑內心的顫慄。他曾夢見一大群狗，在冰天雪地裡開戰。**雷霆之犬**

並不存在，他對自己說，**恬恬所說的夢也不是真的。我只希望自己可以更加確定……**

「你們是我的狗幫，我絕不會離開。不過大牙仍是我的家人，我難以兩者兼顧。」她說。

「我想繼續談下去解決不了事情。」幸運說。這些既無法解決麥基的困惑，也無法解決恬恬你的問題。「我們返回營地吧。」

一如春天所預測，幸運帶著恬恬返回美食屋時，艾爾帕心情大好。他坐起身，啞著嗓子，歡迎狩獵小隊最後兩名成員叼著老鼠返回美食屋，把獵物堆高。幸運朝後一退，望著獵物在美食屋裡堆著，發現他們眞是立下大功勞，內心不免也跟著歡喜。

「這趟狩獵之行眞是成功。」艾爾帕開口說，「不過你們分別回來眞是不智之舉，現在起大夥得集體行動。」

他忍不住發表意見，幸運心想，不過這是頭一回幸運不把他的批評當一回事。

由於獵物滿載，眾狗冷靜等待食物配給，充滿紀律。等候享用食物的當口，大夥七嘴八舌交談著，幸運注意到瑪莎正與麥基交頭接耳。對話內容似乎頗逗農場犬開心，他的雙眼不再渙散，尾巴拍打著地面。

輪到幸運享用老鼠肉時，他得抑制內心的寒顫。他必須對於老鼠毛皮上頭的油漬與沾染了長爪身上發出的腐敗氣味不予理會。畢竟，他實在是餓極了。他闔上眼，嘴裡咀嚼著鼠肉。並不如所想的那般糟糕……

「你肯定餓壞了，歐米茄。」月亮對陽光說，聲音充滿慈愛。「食物還有很多，你不必擔心。」

「我知道。」陽光回答，她一身傲骨蹲坐在旁，兩隻毛茸茸的耳朵高高豎著。「我不介意多等一會兒。」

「幸好。」懷恩啞著聲音回答，卻少了平日的訕笑。

「你下午上哪兒去了，麥基？」貝拉問。

甲蟲立刻插話，「他出去走走，伸展肌肉。不是嗎，麥基？我們獵食完返回營地途中正巧遇上他。」

「沒錯。」麥基心懷感激望了他一眼，接著走上前享用他的食物。

「嗯。」艾爾帕突然開口。「狗兒獨自離開團隊，狩獵隊伍分別行動，顯見我們待在長爪這地方紀律過度鬆散，別以為可以永遠如此。」

「艾爾帕說的對。」甜心說，「你們必須格外小心。猛犬狗幫仍在附近出沒，現在又多了無懼這傢伙的威脅。我們不能失去戒心，表現得像栓鍊犬。」她意有所指望著瑪莎與黛西。

「當然不會，甜心。」瑪莎怯生生說。

「歐米茄吃完沒？很好。」甜心站起身。「我們現在應該進行一番大嗥叫，然後好好睡上一覺。」

艾爾帕伸展四肢，爪子抓扒著堅硬的地面。「到外頭去。待在長爪的牢籠裡……我們沒法嗥叫。」他環顧四周，鄙夷地噘起嘴角。

這是遮風避雨的地方，不是什麼牢籠，幸運心想，**我們得為此感謝天犬**。不過他卻跟著起身，與狗幫其他成員走到大街上。

天空依舊萬里無雲，一眼望盡，滿佈著星星，月亮之犬投射出獨特的光影，映照在長爪屋舍的牆面上。艾爾帕走到灑滿銀色月光的硬石子路，等候狗幫成員聚攏在他的身邊。閃電與天犬發出吠叫，不過他們的聲音幽遠細微，幸運明白他們遠離了酸雨侵襲的危險。

艾爾帕的喉嚨發出一聲長嗥，起初四周寂靜一片，接著另外一隻狗加入，他仰起頭，對著月亮之犬發出嗥叫。幸運等候一旁的史奈普對他的暗示，然後跟著大夥加入長嗥的行列，聲音發出震顫，落在四周，他的內心彷彿受到了昇華。當大嗥叫的神祕作用開始發揮，他感覺到自己的身體變得輕盈起來。月亮之犬發出的銀色月光更加明亮，直到他感覺星星突然間在狗幫的四周旋轉飛舞。

我隸屬這裡……我們與月亮之犬和天犬全都彼此相屬，共享著同一個生命體……

他閉上眼，卻依舊能夠見到星星。這回，當他見到一個狗兒的身影，從四周的漆黑空茫中一躍而起，他不再感到訝異。幸運一直以來很習慣大嗥叫在內心所起的昇華作用，他可以隨心之所欲，與狗幫的成員們發出的嗥叫一同優游宇宙。讓一切煩惱與白晝的飢餓離開他的軀體，大嗥叫發出的合諧顫音在內心狂喜。

天空裡一隻巨大身形的狗出現在他心中。這隻狗巨大又高貴，龐大的黑色身形宛如吸納了星子的光芒，她的身體竟由內發出亮光。她正飛躍夜空，大大的腳掌踩在空中，宛如奔赴某種如星星般閃爍的東西。黑色的湖水閃爍著銀色的光芒不斷蔓延開來：巨大的湖水不斷滿溢。幸運內心充滿喜悅，他在喜樂中拉高了嗥叫聲。他聽見周遭狗幫其他成員也跟著拖長了嗥叫聲加入他的行列。

瑪莎！幸運一時間感到十分困惑。鬼魅般的黑犬向上一躍，然後下潛，躍入灑滿銀色星光的黑色湖水。

不是瑪莎，是河水之犬。或者是他們兩者？

星星與白色的光暈融爲一體，幸運不由得瞇起了眼睛。嗥叫聲終於停止、消隱，他卻希望這一切永遠不要停止，就像那個灑滿了星光的湖水……

他眨了眨眼睛。黑夜停止旋轉。狗幫的成員一隻接著一隻安靜下來，徒留下艾爾帕的聲音。接著，當狼犬也跟著低下了頭，四周只剩下寂靜一片，月亮之犬一如往常散發著光芒。

是否每隻狗都跟我有相同的感受？**如果同時發生在我們身上，嗥叫聲又如何會停止**？

艾爾帕粗啞的聲音打斷了他的思緒。「我有事要向狗幫衆成員宣佈。」在場每隻狗立刻坐直身體，專注聆聽。瑪莎不斷顫抖著搖晃身體。**她是否看見我所見到的景象**？幸運納悶。她看起來似乎也同樣沉浸在嗥叫聲中。

「這裡沒有吃的值得我們留下來。」艾爾帕低沉的嗓音說著。「我們今晚飽餐一頓，不過你們應該知道一窩老鼠無法支持整個狗幫太久。我們必須進入森林內獵食，不論這個叫做無懼的傢伙喜歡與否。」

狗幫所有成員七嘴八舌紛紛表示贊同。

「我見過無懼。」費瑞開口說，「正如成員中少數狗也見過。」他將目光望向布魯諾、幸運、史奈普與麥基。「他是隻危險的狗，但是我們無法容忍他的恫嚇。」

「我同意。」甜心默默說著。「他會對我們開戰，但是他阻止不了我們進入森林。這是森林之犬的律法。」

大夥再度發出喧鬧聲表示同意。史奈普以後腿抓扒著她的耳朵。「那麼，我們就向他迎戰。我可不喜歡被驅趕離開我的獵物！」

「就這麼決定。」艾爾帕站起身，他的嘴角輕蔑一笑。「明天，狗幫所有成員準備進入森林，讓無懼決定他是否想要對我們開戰。是該有人好好給這隻瘋狗一點顏色瞧瞧，教會他尊重真正的神靈之犬。」

狗幫成員們跟著起身，伸展四肢，彼此交談時，幸運卻緘默不語。他環顧四周，望著自己的同伴，納悶著他們是否跟他一樣出現不祥的預感。恐懼令他僵在原地。

艾爾帕對狗幫發表的這番言論看似合理，但事情的發展可能超乎他所預期。

第十章

他的腳底踩踏著雪，卻並未陷入其中。他飛躍過閃著光芒的雪白色大地，儘管松樹朝四面八方生長，卻替他在前方開啓一條路，一條通往永無止盡的冰封之路。他移動的速度之快，甚至感覺不到雪地的冰冷。

幸運停下腳步，嗅聞結霜的空氣。獵物到哪兒去了？什麼獵物？他甚至不記得自己在追逐什麼。兔子？老鼠？他不知道。他爲什麼記不起來？

因為我在作夢……他當然是在作夢，就連此刻他站在原地，腳底卻沒有感覺到冷冽。**這一點很不真實。**

森林再次在他周圍展開，遮掩了落著雪的小徑。此時，眼前枝繁葉茂，他必須推擠著肩膀往前進，但是枝椏並未擦過他的身體，荊棘並未劃破他的皮膚。一切彷彿籠罩在大雪中。他聽見了遠方傳來憤怒、發狂的吠叫聲。

我必須前去尋找這群狗，我不知道原因……但我必須去。

他再度奔跑，枝椏宛如迷霧般盤根錯節。速度比他所想的還快，森林消隱，此時，他來到一片積著薄薄一層白雪的空地，中央有兩隻狗正彼此劇烈地廝殺、纏鬥，啃咬對方，相互咆哮。他認得這兩隻狗——猛犬的刀鋒與無懼。

他們是雷霆之犬……除了他倆，卻不見其他狗的蹤影！

瘋狗每受到一陣攻擊與啃咬，身體便忍不住顫抖，然而他卻沒有因此倒下去；他持續掙扎，奮力一搏，爲求生存。但是幸運明白無懼並非刀鋒的對手。當頭頂飄過一道陰影，幸運抬起頭向上望；天空變成深灰色，雲朵捲成一道密實帶著不祥徵兆的螺旋形。大雪開始降下：灰色與白色的雪花旋轉而下，一大片一大片落下。幸運知道這片落下的大雪觸及地面後，會將他倆掩埋。但是兩隻廝殺的狗卻一點也不加理會。他見到這場打鬥急轉直下，他無法撇過頭去；現在輪到無懼將刀鋒擊退。眼見他將要獲取勝利——無懼將殺死猛犬的領袖。

雪花落在幸運的身上，他感覺到的不是輕柔與冰冷的觸感，而是刺痛的痛楚。幸運發出哀號，卻叫不出聲。

這是一場夢。我不該在夢中感覺到疼痛！

但是他的確感覺到，此時，大雪迅速落在他的身上，刺痛感也隨之不斷襲來。**事有蹊蹺**！幸運扭動身軀，痛苦哀號，大雪在他身上燒灼著，接著，他才恍然明白。刺痛他的不是雪，而是透明石！腳底踩踏的雪——其實是厚厚一層透明石碎片，惡意落在他周圍的碎片，反射著光芒，刺痛他的皮膚。

幸運感到驚慌失措，開始狂奔，但是他不知道該到哪兒去。他在大片雪地間來回奔跑，透明石碎片刺痛他的腳掌。暴風雪的碎片劃破他的皮膚，割破他的毛皮，血漬沾染在看起像雪卻並非是雪的東西上。然而刀鋒與無懼卻持續激戰，無視這場雪片暴風。幸運感覺胸口窒悶，幾乎喘不過氣。他不知道該到哪裡去，也沒有其他狗伸出援手。碎透明石不斷襲擊他，令他血流不止。眼見他就要喪命。

我怎能在夢中死去？

但他的確如此。幸運即將命喪黃泉……

幸運突然驚醒，恐懼令他倏地抖動整顆頭。沒有雪，也不見任何透明石碎片。結了霜的松樹與急凍的枝椏不見蹤影，只有美食屋內斑駁的牆面。

我沒死。天犬，謝謝你；我還活著！

他的側身暖呼呼的，恬恬平靜地睡在一旁，身體隨著呼吸均勻地起伏。儘管他不斷眨著眼睛，他仍可以見到碎透明石不斷落下，聽見打鬥的狗兒發出的咆哮聲，以及感覺到冷冽的空氣鑽進他的鼻孔。更糟糕的是，他仍舊能夠感覺到透明石碎片刺進皮膚的刺痛感。他甩甩身體，用力舔著身體。卻不見有眞正的傷口滲出血——只有他曾跟一隻獾打鬥之後留下的疤痕——但是他身上仍不斷出現刺痛感。幸運發出哀號，不斷舔舐、啃咬他的下半身。

恬恬眨著眼睛，清醒過來，豎起耳朵。「幸運！怎麼回事？」

「沒事，我只不過是……」幸運再次感到不寒而慄，發出嗚咽，嗅聞著他的身體。

「你受傷了嗎？」恬恬跳起身，轉了一圈，朝著陰影處齜牙咧嘴。「他們在哪裡？我要給他們好看！」

夢境依舊令幸運暈頭轉向，畫面仍在內心盤旋不去，他感覺到昏沉沉的，十分不舒服。「不是這樣，恬恬，我也不知道……」

「他們不能這麼對你！」恬恬大聲咆哮，頸背高聳。「他們到底在哪裡！」

「不！」幸運強迫自己別再查看身體。「不，恬恬，等等……你不明白。沒有誰傷了我，是我做了夢。」

「你確定？」她依舊齜牙咧嘴，露出尖牙。

「是真的。」她的忠心令幸運備受感動，但是他的內心卻仍感到不安。恬恬想要維護他的舉動，可以說毫不猶豫，但是她這麼做實在太過魯莽。

或許問題正出在此，他心想。**或許她應該三思而後行**。至少，狗幫成員當中沒有其他狗醒來後撞見她迅雷不及掩耳的反應，潛藏於本能的衝動。狗幫所有成員此時紛紛甦醒，儘管如此，仍頻頻打起哈欠，在清晨的陽光中伸展四肢。幸運希望恬恬不要如此提高警戒。

「真的，恬恬。」他小聲說，「我沒事，不過是作夢。」

「呃，如果你確定是這樣。」恬恬偏斜著頭，充滿疑惑問他。「你看起來好像十分恐懼，幸運。」

我是感到害怕，但我是個蠢蛋，不過是一場夢。

「我們不久將要動身。」艾爾帕低啞的嗓音打斷他的思緒，頭一回幸運對此表示感激。「但是我們得前往獵食，相信大夥也都餓了。」

「噢，的確。」布魯諾回答。黛西歡喜地舔了他的耳朵，達特則是開心地發出低吠。

「我來負責帶領狩獵隊伍。」費瑞提議，他打著哈欠，後腿抓搔著耳朵。「布魯諾一起走吧，既然你這麼餓的話。還有史奈普、幸運與麥基。這樣安排如何，艾爾帕？」

艾爾帕並未表示反對。「可別沒來由招惹那隻瘋狗。」

「不會的，我今天有不錯的預感。」費瑞向大夥保證。「我們會找到很多獵物。」

「這回我們不會再讓無懼有機可趁。」史奈普補充。「我們準備好面對他以及那個瘋狂的狗幫。」

恬恬站起身，目光帶著渴望看著狩獵團隊集結在美食屋的門前。她的尾巴末端抽動著，她想制止都無法辦到。幸運望向艾爾帕，然後對費瑞說。

「可以再讓恬恬去嗎？她是個優秀的獵者。」

費瑞張開嘴，還來不及回答。艾爾帕便走上前，腳爪嘎吱作響，瞇起一對黃色的眼睛，朝恬恬身上一陣嗅聞。

「想讓她去，是嗎？你憑什麼斷定她可以成爲狩獵犬？」他噘起嘴，目露凶光望著小猛犬。「你這個小傢伙連命名儀式都還沒舉行，身爲狗幫裡低位最卑賤的狗，根本不配加入狩獵隊伍。」

噢，不。幸運見到了恬恬的頸背高聳。**她必須冷靜下來**。

狗幫其他成員默不作聲，望著艾爾帕繞行年輕的猛犬一圈。陽光恐懼地發出嗚咽，緊貼著瑪莎。春天則是不安地發出低吠。

艾爾帕舔舔牙齒，一陣竊笑，朝恬恬走去。當他再次繞行著她打轉時，他的尾巴輕觸她的鼻子。她戒慎恐懼望著他，轉過身，試著將眼神與他四目相接。他再次繞行，這回則用力以肩膀撞擊她的身體。

恬恬一時失去平衡，朝前仆倒，四肢跟著趴躺在地。她迅速起身，裸露著牙齒，朝艾爾帕衝撞。

不！幸運當下驚惶失措。

幼犬的嘴正要朝艾爾帕的喉嚨咬下去時，只見費瑞一個箭步衝上前，將她撞向一旁。她卻仍齜牙咧嘴，發出咆哮，倏地轉身，再度發動攻擊。但此時費瑞阻擋在她跟艾爾帕之間，他的四肢緊貼著地面，目光炯炯有神。恬恬止住腳步，目露凶光，嘴角噘起。

「你想要挑戰艾爾帕不成？」費瑞大聲咆哮。「那麼你得尋求正當管道，在狗幫成員面前向他宣戰，後果自行負責。」

恬恬氣喘吁吁，但是臉龐卻閃過一絲不確定。

「如果你沒有意願這麼做。」費瑞繼續往下說，他的聲音低沉且堅定，「那麼你現在得冷靜下來。」

恬恬眨了眨眼睛，舔著嘴。她的目光望向艾爾帕，接著再看看費瑞。然後微微一個轉頭，與幸運四目相對。

他發現自己屏息以待。**別做傻事，恬恬**。

最後，她垂下頭，朝後退了一步。

「我並不想要挑戰艾爾帕。」她輕聲說道。

幸運幾乎感覺到所有成員都鬆了一口氣，緊繃的氣氛舒緩後，陽光輕聲低吠。恬恬蹲伏在地，遠遠退離開費瑞跟領袖，然後爬到幸運身邊，頭垂向地面。

「我很抱歉。」她低聲說著。

幸運舔著嘴，望著她。內心的恐懼霎時轉化為怒火，他發現自己說不出話來。艾爾帕抓到機會懲處她，幸運竟不確定自己是否應該替她辯解。艾爾帕走上前時，他寒毛直豎，但是他卻不發一語。幸運不能介入其中。

「你。」艾爾帕走向恬恬，怒火中燒，裸露的牙齒幾乎貼近她顫抖的鼻子。「你的態度傲慢且不願屈服管束，必須學點教訓……」

「慢著。」

眾狗紛紛抬起頭，朝費瑞發出低沉嗓門的方向望過去。這隻大狗轉身望向他的領袖，高舉著頭，四肢直挺挺踩在堅硬的地面。幸運突然感到一陣不安。

「艾爾帕。」費瑞的聲音既清楚又堅定。「在狗幫成員的見證之下，我要挑戰你的領導地位。」

大夥都聽見艾爾帕驚訝地倒抽一口氣，卻一動也不敢動。在令人不寒而慄的緘默中，狼犬站起身，肌肉繃緊，僵硬的四肢顫抖著。他怒不可遏，感到不可置信，幸運幾乎聞得出來。

達特瞠目結舌望著費瑞，懷恩露出半驚訝半好奇的表情，不懷好意望著眼前這一幕。甲蟲與荊棘則是下意識貼近月亮的身邊，她自己則是帶著堅定與信任的目光望著她的伴侶。布魯諾與麥基彼此交換吃驚不已的眼神，就連陽光也不敢發出聲音，她緊貼在地，渾身顫抖，兩隻長著柔細毛髮的耳朵緊貼住雙眼。

幸運幾乎喘不過氣。**費瑞為什麼這麼做**？

費瑞緩緩轉身，望著狗幫的所有成員。「我很尊敬艾爾帕。」他說，「他領導有方，教我們團結一致，不論處境好壞。但我堅信大咆哮改變了一切。我們生活的世界出現了劇變，我不認爲艾爾帕有能力再帶領我們度過。他在做決定時躊躇猶豫、優柔寡斷。還有……」費瑞將目光望向麥基與布魯諾，「他對於栓鍊犬的態度對我們一點幫助也沒有。他藐視他們，不看重他們具備的技能，並且絲毫不加掩飾他對恬恬的厭惡。他的態度已經開始挑起狗幫之間的矛盾衝突。」費瑞望向月亮。「我尊重他身為狗幫的領袖，但我相信自己可以做得比他更好——成為優秀的領導者。這是我對他提出挑戰的原因。」

艾爾帕渾身寒毛直豎，他的喉嚨發出低沉的咆哮，充滿敵意。

在場依舊緘默，幸運感覺到空氣中透著令人不寒而慄的恐懼。甲蟲嚇得彷彿是才剛斷奶的幼犬，瑟縮在母親身邊。荊棘正好相反，她的目光炯炯有神，充滿期待。瑪莎迅速舔著身旁的陽光，安撫她，然後蹭蹭飽受驚嚇的黛西。

最後，甜心舉止優雅地步上前，她舔舔細瘦的口鼻，顯得躊躇，最後她開口說話，聲音清楚且堅定。

「聽我說，狗幫的夥伴們。狩獵犬費瑞將挑戰艾爾帕的領導地位。」她望向月亮，突然間猶豫起來，幸運不禁納悶甜心以前是否有過類似的宣戰經驗。她的這番話似乎說的不甚流暢。「被挑戰的一方不容拒絕挑戰……戰帖也不容收回。費瑞與艾爾帕將一決勝負……因此艾爾帕將奮力確保自己的地位。」

「我會奮戰到底。」艾爾帕咆哮道。

甜心並未對此作出回應，她姿態優雅偏斜著頭。「月亮，請步上前。」

甲蟲與荊棘焦慮地望著母親，但月亮卻立刻起身，站在費瑞的身邊。

令幸運感到驚訝的是，甜心的聲音聽起來如此溫柔冷靜，彷彿回到記憶中那個與他在收容所初次相遇的她，而非近來他所見識到的凶悍貝塔。「月亮。身爲費瑞的伴侶，你現在有權挑戰我的貝塔地位。你願意挑戰我嗎？」

月亮撇過頭，帶著愛意舔著費瑞強壯的肩膀。當他倆眼神相對，幸運望著這對伴侶，大感驚訝。

月亮知道這一切！幸運突然明白。**她知道費瑞要挑戰艾爾帕的決定，他們肯定為此討論過**。

他不禁全身打起寒顫。**我不希望他們有誰因此受傷**。

見到月亮低下頭，幸運才鬆了一口氣。「不，甜心。」她靜靜回答。「如果費瑞贏得挑戰，我願意接受你成爲他的貝塔。」

「你不會有機會接受這樣的結果。」艾爾帕大聲咆哮。「費瑞不會打贏。」月亮不理會他，目光望著甜心。「我並不想要取代你在狗幫的地位。」

甜心嚴肅地點點頭。她跟月亮表現得異常的鎮定，儘管如此幸運卻感到暈頭轉向。想到費瑞將要取代狼犬的位置他的心臟不禁撲通撲通跳。狗幫在勇敢與高貴的費瑞領導之下不知道將會有何不同。幸運一想到費瑞如果獲勝，那麼艾爾帕將回復他原來的眞實名字，不禁眨了眨眼睛。

幸運發現自己從來就不知道他的名字。**要是費瑞失敗呢**？

「狗幫成員再聽我說。」甜心的聲音劃破一陣沉默。「月亮拒絕挑戰我，我將仍舊處於貝塔的位置。由費瑞與艾爾帕一較高下，爭取領袖的位置，根據天犬的律法，此戰唯有分出勝負或是其中一方戰死才宣告結束。」

幸運心臟噗通噗通跳著，他害怕的正是這樣的結果。

甜心還沒說完，「雙方將在今晚開戰，在月亮之犬的見證下舉行。屆時，獲勝者將成為艾爾帕，大夥將聽從他的命令。」甜心環顧四周，查看是否有誰反對。

「那是當然。」費瑞附和，他朝後退了一步，對甜心低下頭。荒野狗幫其他成員紛紛發出低吠表示贊同，栓鍊犬們則一臉困惑望著幸運。

「我不明白。」黛西輕聲說著。

「幸運。」貝拉小聲問。「我們現在該怎麼做？」

他自己也不確定，他張開嘴想要回答，但是艾爾帕宏亮的聲音傳進他的耳朵。他轉過頭去，一臉吃驚，望著狼犬的眼睛。

「還愣在那做什麼？」艾爾帕大聲咆哮。「幸運，還不快點帶著你的猛犬朋友到森林去，帶著她一起獵食。你們倆最好祈禱神靈之犬庇祐你們收穫滿載，因為我等著你們回來向我稟報結果，身為狗幫的艾爾帕，你們可有得忙。」

第十一章

「狩獵犬們跟我一起走。」費瑞喊道，他的聲音宏亮，充滿自信。「在艾爾帕的命令之下，成員現在增補一名成員恬恬。」他迅速望了小猛犬一眼，幸運卻看不出來他的表情說明了什麼。他只能跟隨費瑞到外頭去，恬恬則緊跟在他身後。來到硬石子路面後，眾狗們開始小跑步起來。

幸運跟著大夥一塊跑，思緒混亂。他不敢相信費瑞竟敢挑戰艾爾帕的領袖地位，不過一想到艾爾帕被費瑞壓制在地的畫面，他的內心也不禁感到雀躍，卻立刻感到一陣羞赧。**我清楚知道艾爾帕是個極為強悍的傢伙，但是我卻在這裡想像他的戰敗，我怎麼會存有這樣的心態呢**？

「我很抱歉，幸運。」恬恬在他身旁上氣不接下氣說，「真是抱歉。」

「不要放在心上。快趕上隊伍。」

都該怪我。」

「不，別這麼說。」**至少，不完全是你的錯**，幸運心想。「我認爲費瑞之所以這麼做醞釀很長一段時間。」

「要不是我克制不住脾氣。」她氣喘吁吁，「挑釁艾爾帕，費瑞也不會對他下戰帖，當下對他提出挑戰。」

「我說了，別擔心！」他忍不住對恬恬發出咆哮，她的確是這整件事的導火線，總之，結果並非全然是壞事。**但是她實在不該公然挑釁艾爾帕，她以為每隻狗都對她敬畏三分！**

長爪棄置的房子周遭依舊不見任何生命跡象，幸運幾乎對街道上散置的屍體眼不見爲淨，儘管布魯諾與麥基仍舊害怕見到眼前的景象。他們逐漸遠離長爪的聚落，朝向森林接近。費瑞突然間緩下腳步，踩著自信的步伐，其他同伴則緊跟在他身後。**他的感官十分敏銳**，幸運心想，**或許他留意到了危險，但是他一點都不害怕面對無懼。大夥提高警覺，專注眼前的一切，在費瑞的帶領之下，大夥顯得十分平靜……**

他同時察覺到自己對恬恬的怒氣也逐漸消退。「奉地犬之名，你究竟在想些什麼？」他最後嘆了一口氣，落後其他同伴，走在恬恬身邊。「你難道沒看出來艾爾帕故意刺激你？你正中他的計。」

恬恬羞愧地低下頭。「我現在知道了，幸運。我眞的感到抱歉。我也不知道是怎麼一回事。我應該控制自己……但我就是辦不到。」

「恬恬，你必須學著克制脾氣。」他又嘆了一次氣。「你必須對自己的行爲負責，這點跟你的血緣或是出生無關！請你千萬不要跟艾爾帕正面衝突。」

「我會試著去做。」她低聲說。

「你選擇加入這個狗幫。」他繼續往下說，「這意味你願意離開猛犬家族。跟我們在一塊你會獲得溫飽，受到照顧，但是你得……掌握自己的命運，成爲自己的主人，發揮自己的本能。」

「我認爲我們都應該追隨內在的本能。」她舉步維艱說。

「但是你不能任憑本能控制你。」他對她說，「這點並不容易辦到，但是你必須去學。當你受到挑釁時，必須學著保持冷靜。」

「是的，幸運。」她移開目光，望向草坪其他同伴此時已經進入樹叢。

「走吧，我們得趕上其他同伴。」幸運輕推她，他倆小跑步起來，穿過長長的草堆，草的末端搔過他們的鼻子。

她似乎聽進了我所說的話，但我要如何分辨清楚？幸運的腦海突然出現恬恬偷偷跟她的手足大牙嬉鬧的畫面。她看起來多快樂，而且淘氣。還有她對於麥基內心的矛盾衝突所說的那番話，令幸運不禁納悶她是否眞能拋開跟她有血緣關係的家族？或許，她無法完全拋開這一切。

狗幫的同伴穿過第一道樹叢時莫不豎起耳朵，然後朝向幽暗的森林深處邁進。鳥兒在枝椏間拍動翅膀，小生物在他們腳底踩踏的落葉間發出窸窣聲響，但是他們留意的並非獵物的動靜，而是帶著威脅的咆哮，或沉重的腳步聲。截至目前，並未出現任何動靜，但是幸運清楚知道他們不能稍有一刻放鬆警戒。

史奈普站在領軍的大狗費瑞身旁。「我希望你知道我今晚是站在支持你的立場。」她說，「我很樂意見到你成爲艾爾帕。」

麥基跟著加入，低聲說道：「我也是。」

費瑞若有所思發出咕噥，布魯諾卻低聲回應。「我也一樣，但我們畢竟是個狗幫。不論最後誰贏，大夥都必須支持贏得挑戰的一方。」

「你說的對，布魯諾。」費瑞點頭同意。「你說的很有道理。不論如何，我都要謝謝你們。」

他再度陷入沉默，幸運不禁納悶他在想些什麼。他是在計畫今天晚上的挑戰，還是專注在獵食，以及面對無懼帶來的威脅上面？**他肯定感到些許焦慮，**

這點多少影響他的判斷。

「或許我們應該分頭行動。」麥基提議。

「好。」費瑞豎起耳朵。「我們採取並排的方式前進，而非排成一直線。彼此之間相隔幾步距離，各自保持在視線的範圍之內。仔細嗅聞任何動靜。」

幸運很高興費瑞專注在目前的事情，但是要大夥保持嗅覺敏銳這件事說的比做的容易。前一天晚上的大雨使得林間的地面依舊濕滑。味道彼此雜糅一塊，其中有些味道肯定被沖刷殆盡，但是至少此刻太陽之犬高掛天空，將陽光投射在林間，溫暖林間的土地。隨著時間流逝，各種氣味慢慢浮現。

幸運將鼻子貼近地面嗅聞，沒見到恬恬越過他的面前，於是他倆用力撞在一起，恬恬跳了起來。

「那邊不太對勁！」她望著林間的枝椏小聲說，「你聽……」

幸運豎起耳朵，斜倚著頭，卻只聽見耳邊傳來鳥兒啁啾與拍翅的聲響。他惱怒地發出低吠。

「快看！」她的口鼻指著一個方向。「在那裡！」

一隻大黑鳥棲息在他們頭頂的樹梢上，牠抬起了頭，盯著他們瞧了一會，才以鳥喙整理著發亮的羽毛。**這隻鳥跟他有一樣的想法**，幸運心想，牠認爲待在枝椏間再安全不過。

「除非鳥兒飛落地面，否則你抓不到牠，恬恬！」

「不過牠落了單，而且近在咫尺！」

「噢，看在森林之犬的份上，繼續往前走吧。」幸運說，「除非你計劃爬上那棵樹，或是有辦法飛上天！」

「我聽說利爪可以辦得到。」恬恬咕噥道。

「沒錯。我見過利爪在林間與大城市裡獵食，但我們辦不到。我們跟他們不同。」幸運繼續往前走，他聽見恬恬不情願地跟身後，腳步顯得躊躇。

「這麼說城市裡有利爪出沒，你從沒告訴過我這些事。」她說，「那是什麼樣的景況？那地方跟我們紮營的地點類似嗎？」

「我想有一點吧。那地方有許多硬石子小徑，還有長爪的屋舍。只不過那地方更大，大到難以形容。還有重頭到尾都是透明石帷幕的大樓。」

「透明石帷幕大樓？」恬恬張口結舌。「那狩獵犬就看不到內部囉？」

「呃，是啊。不過這是建築物設計的目的。長爪們在大樓內覓食，因此只允許他們自己見到內部的情況。」

「眞奇怪。」恬恬喃喃說著。

「我很難跟你解釋清楚。那地方還有很多美食屋，數不清的長爪。」幸運舔舔嘴。「好心腸的長爪會跟你分享食物。」

「很高興聽見你這麼說。」恬恬說話的口氣充滿了期待。

「呃，但是並非所有長爪都如此善心。」幸運補充，他走在一條舖滿了乾燥樹葉的小徑。「有些長爪並不願意分享食物，卻會踢開我們這些狗。還有碰上許多不好惹的傢伙，像是狐狸和數目繁多的利爪，如果你膽敢看他們一眼，他們會抓傷你的鼻子。不過那地方說起來還算不錯。」

「你很懷念那裏。」恬恬蹭了他一下。

「我想有一點吧。」幸運搖搖頭。「不過那都是過去的事了，我現在是荒野狗幫的一員。」

恬恬動作慵懶朝一隻在耳邊嗡嗡叫的蒼蠅張嘴一咬。「如果有機會的話，你會想要回去嗎？」

幸運緘默好一會兒。「不。」他最後開口說，「我的內心告訴我，我再也不會是成爲從前那隻城市佬。」

恬恬吞下蒼蠅，舔舔嘴。「噢，如果你打心底這麼認爲，那麼應該眞是如此。」

「這並非是我的感覺。」幸運嘆口氣，感覺到些許後悔。「事實是，我生活的城市已經不存在了。就算我想要回去，恐怕也辦不到。」

「但是你並不想要回去。」恬恬開心說著。「我很高興你選擇留在狗幫。」

你對事情的想法總是太過天真，幸運心想。

費瑞在他們右側的方向過去一些發出吠叫，幸運停頓下來，提高警覺。他壓低身子，穿過草叢，走向費瑞，恬恬緊跟在後，其他同伴則小心翼翼從各個方向匍匐前進。一陣微風吹過樹叢，掀起腳底下幾片枯葉，大夥陷入沉默。

「怎麼回事？」幸運小聲問費瑞。

「我也不確定。」大狗回答。

幸運專心聆聽，仔細嗅聞空氣。確實有聲音在樹叢間迴盪，彷彿有一群小動物在他們前面亂竄，但是他卻沒有聞到其他狗的氣味。

「味道聞起來像……籠車。」幸運渾身寒毛直豎。「但是氣味並不清楚。」

費瑞豎起耳朵，轉過頭去。「說不定森林內有長爪？」

幸運顫抖起來。長爪？這裡？希望不是！他們在大咆哮之後遭遇的長爪態度都不友善。

「貼近地面。」史奈普小聲說，「情況明朗前，我們最好不要輕舉妄動。」

「別看見長爪就猛撲上前。」費瑞提醒麥基與布魯諾。

「當然不會。」布魯諾小聲回答，感覺有些受侮辱。

「我只是想確定。現在，別出聲！」幸運蹲伏在地時，忍不住顫抖，薊叢刺痛他的肚子，雜草搔著他的鼻子。他聽見恬恬發出不安的呼吸聲，但她仍保持不動。**向我證明你也有冷靜的一面，恬恬**。

矮樹叢倒像一旁，落葉飛舞，長爪的身影就在正前方！他們身上再度披上鮮黃色的毛皮，幸運不免感到一絲驚恐。光滑的黃色毛皮，還有遮住眼睛與口鼻的黑色面罩，外加上令人害怕的金屬長桿，他們曾用它刺探地犬的所處地。

他們在這裡做什麼？難道他們在跟蹤我們？

幸運聽見身旁傳來一個飽受驚嚇、拉高的嗚咽聲。是恬恬！想當然耳，她從未見過長爪的模樣，所以不會對這群身穿怪異黃色毛皮的怪物們提高警覺。

幸運冒險湊近她的身邊，輕撫她身上的毛髮安撫她的情緒。

「他們看樣子並不友善。」她小聲對他說，「你沒聞到他們身上帶有的攻擊性嗎？他們就像你所說的並非善類，宛如一群想要找人打架的猛犬！」

「噓，恬恬。」他急忙表示。「你說的沒錯，我們不能相信這群長爪。他們跟我所知道的長爪不一樣，但是你別輕舉妄動，我們得耐心等候他們離開。」

幸運從眼角餘光看見其他同伴躲在草叢之間。麥基身上的黑白色毛髮最為明顯，但是他仍乖乖維持不動的姿勢，頭頂的枝椏投射的陰影在他身上舞動著。長爪們想必一會兒就離開。**他們並沒有跟蹤我們**，幸運心想，儘管內心感到惶恐。**所以他們對我們一點也不感興趣，對吧**？

幸運驚訝發現長爪們竟然停在他們面前只有幾步之遙的距離。他們在做什麼？他聽見他們彼此交談，但是跟從前比起來他突然間對他們所說的語言感到陌生，他們將金屬桿插進泥土裡時，嘴裡卻發出細碎爆裂的嘶嘶聲響。其中一人指著樹洞，其他人則是搖搖頭，轉過頭面對著狗兒們的方向！

幸運嚇得瑟縮在地，眞希望自己可以鑽進土裡，接受地犬的庇祐。長爪的黑色面罩轉而面向他與恬恬的方向，但是由於看不見他們的雙眼，因此幸運無從判斷他們是否看見狗兒。他從未感覺如此無助，無法做出任何決定。

求求你，森林之犬。千萬別讓長爪們見到我們！

霎時，一陣尖銳的叫囂聲令幸運驚嚇不已。身著黃色毛皮的長爪，突然間憤怒地發出細碎的爆裂聲響，而且他們邊叫囂邊指著狗兒們蹲伏在地的方向。

「快跑！」幸運大聲吠叫，四肢拼了命往前跑。

其他狗兒見狀也跟著跳起，沒命似的飛奔。幸運發狂地往前奔跑，閃過樹幹，穿過矮樹叢，以及長滿刺的樹叢，耳邊傳來同伴們上氣不接下氣的喘氣聲。布魯諾跳過崩倒的樹幹大口喘著氣，幸運聽見麥基唉呦一聲，像是踩到了刺，但是大夥依舊緊跟在他身邊，飛也似的往前奔跑。

一旁的費瑞踩著沉重的步伐跑著，吐著舌頭，大狗氣喘吁吁下達命令。「我跑在後面，你來帶頭，幸運！」

「爲什麼？」幸運喘著氣問道。「你打算怎麼做？」

「我不知道。如果長爪們想要傷害我的同伴，得先經過我這一關！」

沒有時間質疑費瑞了。幸運將負起帶頭的責任，卻在此時一腳踩進泥巴地，頓時腳底一滑。其中一隻前腿深深陷進黏稠的泥巴裡，一陣踉蹌，卻迅速恢復腳力。他聽見身後傳來幾聲驚呼，知道他們同樣陷進泥沼，但是他沒有時間回頭張望。他奮力讓自己掙脫泥巴，儘管腳底仍舊濕滑，他仍奮力爬上小高地，轉身鼓舞同伴。

「快到了，史奈普。加油，布魯諾！」他氣喘如牛。

「幹麻要跑？我們應該奮力一擊！」恬恬發出怒吼，突然停下腳步，四肢沾滿泥巴，裸露的白牙齒閃閃發光。

「不，他們的勢力龐大！走吧，恬恬！加緊腳步跑，泥巴地同樣會拖延他們的追趕速度。」幸運說話時，仍難掩驚恐。

麥基抵達岸邊，用盡前腿的力氣爬上去，接著轉身拉住布魯諾厚實的頸項，將慌亂的他拉上來。史奈普隨後跟進，她用力甩開毛髮上頭沾黏的大塊泥巴，但是恬恬卻仍站在泥巴地中央，朝向那群不斷逼近的長爪們一陣叫囂。

「恬恬，快走呀！」幸運大聲咆哮。當他見到費瑞前往幼犬身邊，朝她的臀部一咬，驅策她向前，他才鬆了一口氣。只見恬恬不情願轉身，往前跑，依舊齜牙咧嘴。但幸運仍聽見背後的追兵傳來一陣叫喊，長爪們此時正逐漸逼近，躍進泥沼裡，手持長桿，緊追在後。

他們手持的長桿跟從前不同，幸運不免感到驚恐。此時，他認出他們手中揮舞的長桿——桿子的末端有個線圈。不禁回想起許久以前，雖然彷彿不過相隔幾天。**長爪們將我抓走，關進收容所那些日子！**這些長桿跟當初抓走他時的工具相同，線圈緊緊纏繞住他的脖子，令他窒息，迅速將他捕獲。

一旦線圈纏繞住狗兒的脖子，是絕對沒有機會可以脫困。「快跑呀，恬恬！」他聲嘶力竭大喊。

但是她依然站在岸邊底端躊躇不前，費瑞奮力攀上岸邊時，她仍不忘大喊。「他們害怕我們！」她怒不可遏。「這群長爪們必須依賴長桿，他們很惶恐，我們可以嚇退他們！」

「不！」幸運跳下岸邊，咬住她的頸項，奮力將她拉上去。「我們快點離開！」費瑞跟著加入，協助幸運將恬恬拉上岸邊。

待幸運鬆口，她立刻趴躺在地，大口喘氣。

費瑞一個轉身，再次跨步朝濃密的森林奔去。布魯諾、麥基與史奈普則緊跟在後，腳底踩踏乾躁的樹葉嘎吱作響，幸運則奮力推擠恬恬，要她跑得快些。大狗鑽進森林時，幸運只見到他背後的身影。**我們一定可以逃過這一劫！**

他與恬恬分頭鑽進森林，進入低淺的林間空地時，費瑞已來到空地中央。頭頂似乎有動靜出現令幸運嚇了一跳，因此偏離方向，但是費瑞絲豪不加理會頭頂的枝椏落下了什麼東西，依舊死命狂奔。

東西正中費瑞頭頂時，幸運立刻停下腳步，驚駭不已。只見大狗一陣踉蹌，四肢不停擺動。他被一個繩子做的大型網子給攫住了。費瑞翻滾了幾圈，困在網子裡，最後撞上樹根才停下來，他的腳掌在密實的網子裡不斷抓扒著。

幸運步上前。「費瑞！」

他見到費瑞其中一眼翻成白眼，眼前這隻狗驚恐大喊，唾沫從嘴角飛濺。

「幸運！幸運，救我！」

第十二章

費瑞死命想掙脫，卻又翻了一圈，他抓扒著地面，用牙齒咬住繩索，卻徒勞無功，只是讓自己更加陷入其中。繩索朝後拉扯他的皮膚，使得他的銳利尖牙完全暴露。費瑞愈掙扎，幸運就愈感到無力，因爲繩索將更加勒緊費瑞。「停止掙扎，費瑞！」幸運大喊。「你會因此窒息！」

當其他同伴聚攏在費瑞身邊，絕望地發出哀號，急切地隔著繩索舔舐受困的同伴時，費瑞停止掙扎，沾滿唾沫的身體劇烈地起伏。他的腳掌抽動著，彷彿想要奔逃離開，幸好，他最後克制了自己。「我該怎麼辦？」

「我不知道。」幸運舔著下顎，抓扒著地面，感覺到既沮喪又痛苦。「我不知道！我從未見過這類陷阱，不知道長爪們是怎麼辦到的！」

幸運聽見了長爪們逼近的聲音，他們就近在咫尺。他在絕望中，豎起耳朵，祈禱他們不是朝這裡走來，但是卻不是這樣，幸運聽見他們穿過矮樹叢，朝林間空地逼近的聲音。恬恬此時越過幸運，衝上前去。

「我們得救他出來！」她大聲呼喊。

「快停止，恬恬！」幸運趕緊衝上前，用身體阻擋她的去路。「當心還有更多陷井，我們不小心就會誤入其中。」

「但我們不能只是枯等，長爪們愈來愈靠近了！」

幸運的目光越過了恬恬，仔細聆聽踩踏落葉與矮樹叢的聲音，以及動作笨拙的長爪們發出的喧鬧聲響。史奈普、布魯諾與麥基全都瞪大了眼瞧著幸運，他們的眼神充滿驚恐，他知道同伴們全都對他這隻城市佬抱以莫大的期待，希望他能想出辦法。**但是我一點辦法也沒有，無所適從！**

「同伴們！」費瑞突然開口，大夥轉身面向他。「你們得離開這裡，不要想辦法救我，沒有時間再蹉跎了。你們得趕回營地，警告其他同伴。」

「不！」幸運難過大喊。「我們不能拋下你，費瑞。」

「聽我說。」費瑞艱難說著，「如果長爪有心要殺死我，我早就沒命了。他們顯然只想要抓狗，我不明白原因爲何，但是我的性命暫時不會受到威脅。如果你們全都被抓了，就不能在之後救我出去。你們趕緊離開這裡，前去警告艾爾帕。」費瑞望著幸運的眼睛。「請你們好好照顧月亮跟我的孩子們。」

幸運一時半刻難以作出決定。**身為狗幫的一員遺棄同伴有違狗幫的宗旨**。但是他明白費瑞說的沒有錯。他現在一點也幫不了大狗脫困。

「好吧。」他最後開口說，「好，費瑞，我們先離開，稍後再來救你！」

「很好，現在快走吧！」

恬恬再次衝向費瑞，不過幸運抓住她的頸背，將她拉回。「他說的對，恬恬。我們必須離開！」

史奈普、麥基與布魯諾不情願轉身。麥基最後朝向費瑞的方向發出最後一聲呼號，然後便朝森林前進。

幸運停下腳步，望向糾結的樹枝，見到長爪們衝向林間空地，看見捕獲的費瑞，停下了腳步。費瑞再度扭動身軀，掙扎著啃咬著繩索，發出吠叫。**他在分散長爪的注意**，幸運心想。

長爪的聲音出現改變，幸運記起從前曾在城市裡聽見過這類隆隆聲響，這是指他們正開懷大笑。這是長爪大笑的方式。過去，這意味長爪們帶著友善的態度，他將安全無虞，期待他們的善心施捨。

現在，這聲音只是令幸運感到憤怒。**我們一定會回來救你**，費瑞，**我保證**。

他們奔跑過森林好長一段距離，史奈普帶領他們繞過好大一圈，最後才敢循著長爪們的聚落以及美食屋的方向前去。最後，她停下腳步，大口喘著氣，帶著恐懼，回頭望向森林時，其他同伴也已跟上她，上氣不接下氣。恬恬一個轉身，朝幸運咬牙切齒問：「我們爲何拋下費瑞？你怎麼能這麼做，幸運？」

幸運喘著氣，因爲奔跑的緣故身體仍劇烈起伏著。「我們束手無策。」

「我不明白！」

「如果我們全都被長爪抓走，要如何救出費瑞？」他問。「要是我們逃過這一劫，就可以想辦法救費瑞。如果我們全都困住，就無法返回營地同伴留意長爪的出沒。他們會因此派出其他同伴尋找我們，不久，我們將會全軍覆沒！」

「幸運說的沒錯。」史奈普說，「我們別無選擇。」

「這是眞的，恬恬。」布魯諾跟進。

恬恬用力喘著氣，至少，最後她終於平靜下來。她的目光充滿憤怒朝向他們來時的方向。「眞希望給這群長爪一點教訓。」她大聲咆哮。「我告訴你們：他們對我們敬畏三分。只要給他們顏色瞧瞧，他們就會對我們敬而遠之。」

「事情沒有這麼簡單。」幸運強迫自己，不去理會她口氣中隱含的暴力傾向。他輕輕蹭蹭她的頭，將她輕推向長爪聚落的方向。

「走吧。」他小聲說，「我們現在得立刻趕回美食屋。」

「不！」黛西驚恐大喊。「費瑞被抓了？」

投射在美食屋的陰影被拉長，對幸運來說，逐漸昏暗的光線使得一切變得更加不眞實。他驚嚇得不知如何是好。

「你們拋下爸爸跟長爪在一起？」甲蟲一臉不可置信的模樣。

史奈普帶著哀求的目光望向月亮。「我們必須這麼做。」

月亮緘默不語，感到晴天霹靂，難以接受，不過仍舊控制自己的情緒。狗幫其他同伴則陷入一陣慌亂。陽光瘋狂地繞著圓圈打轉，瑪莎舔舔她的耳朵，安撫她的情緒。達特則是喃喃自語，抓扒著地面。甜心則來回踱步，惱怒地發出低吼。艾爾帕則把頭趴躺在地，緘默不語，他的身體劇烈起伏，表情震怒。春天則不斷發出沮喪不已的吠叫聲，懷恩則對幸運怒目相視。

「你們從這隻城市佬身上只得到了背叛。」前任歐米茄表情輕蔑。

「你說什麼？」恬恬豎起耳朵。

噢！幸運立刻衝向準備往前猛撲的恬恬面前，及時阻止她抓住懷恩。

「我不明白！」春天大喊。「史奈普，長爪爲什麼突然獵捕起狗？他們現在改吃狗肉嗎？」

「當然不是！」麥基回答。「別蠢了！」

「誰知道他們會做出什麼事來？」艾爾帕大吼。「大咆哮改變了狗，難道不會改變長爪的想法？」

「長爪不會受此影響。」黛西悲憤大喊。「他們不會這麼做！」

「那麼該做何解釋？」史奈普反問。「我也不明白，但我看見了他們的反應，他們把抓狗這件事當笑話來看。」

「這不過是證實我從前的看法。」艾爾帕站起身，迅速朝甜心點點頭。「我們必須立刻動身。現在就走。每名成員準備啓程。」

月亮抬起頭，皺起眉頭。她站起身，用力搖搖頭。「艾爾帕？你是指救出費瑞之後才動身吧？」

「我是指現在。」艾爾帕回答。「狗幫面臨危險，我們得立刻離開這裡。」

幸運不可置信望著他。艾爾帕不會放棄他的繼任者吧？

「不。」月亮衝上前去，幾乎與領袖面對面。「我知道你不是當眞這麼做。把費瑞拋諸腦後，任由長爪宰割？不，艾爾帕。」她搖搖頭，噘起嘴，露出發亮的牙齒。「這種事不會發生。」

聚攏四周的衆狗噤聲不語，看著月亮與狼犬彼此僵持不下。

「費瑞冒險進入森林獵食。」艾爾帕打破沉默。「他知道其中所承受的風險……」

「你在害怕！」月亮大吼，黑色的眼瞳充滿怒火。「你從來就不想要面對他的挑戰。如果現在棄他於不顧，你就毋須面對這一切。」

「看緊你的嘴，月亮。」艾爾帕咆哮。「我是你的領袖，與你的伴侶提出的愚蠢挑戰沒有任何關聯。」

月亮看起來像要衝到艾爾帕面前掐住他的脖子。不！幸運心想。他衝向她的身旁，輕舔她的下顎，然後轉身面對艾爾帕。

「月亮說的對。」他冷冷說著。「費瑞堅持我們自保，我也承諾會回去救他，我不會讓他失望，就連恬恬也……」

「恬恬？」艾爾帕大喊。「我早該知道那個小惡魔跟這件事有關。是她害可憐的費瑞被抓嗎？」

幸運怒不可遏，寒毛直豎。「你怎麼會認爲這件事是恬恬的錯？她對長爪一無所知，今天以前她從沒見識過他們的模樣，如何讓任何一隻狗陷入對方的陷阱？」

艾爾帕的喉嚨發出低吠。「她替我們狗幫帶來厄運，我們所到之處宛如受到詛咒。」

「這一切都出自你的想像！」幸運憤怒回應。「你明知道你所說的這番話簡直是胡謅的。根本沒有所謂的厄運或是『惡魔』這回事。」

他幾乎嚥不下這口氣，吞了吞口水，與艾爾帕怒目相視。

「繼續往下說，幸運。」狼犬大聲咆哮。「以你的『智慧』解釋這一切。」

幸運緊咬牙根。「或許真有惡魔的存在，但絕對不會是恬恬。無懼曾提到過恐懼之犬。呃，我跟森林之犬的連結最密切，河水之犬看顧的是瑪莎。如果狗幫有誰跟恐懼之犬有所連結……」

「你這話在暗示什麼？」艾爾帕怒吼。「你膽子眞大，街頭混的傢伙？」

幸運再度張嘴，卻不知道該說些什麼。**我把話題扯遠了，不該說這些……**他的目光望向艾爾帕黃澄澄的眼瞳。艾爾帕喉嚨發出的低吠聲愈發響亮，宛如天犬開戰前，天空發出的隆隆雷聲。

「你們倆都住嘴！」甜心走到他倆之間，惡狠狠盯著幸運，再望向艾爾帕。「這麼吵下去對狗幫一點好處也沒有，狗幫兩隻能力最強的狗彼此對峙對誰都沒有好處，你們該感到羞愧才是！」她的牙齒閃閃發亮。「爲了狗幫著想，我們必須齊心做出決定！」

艾爾帕起身，頸背高聳。「決定已經做出。狗幫由我帶領，我不必跟誰磋商！你以爲自己是什麼身分？」

「你的貝塔！」她大聲咆哮。

「我是你的艾爾帕！我們決定要從這裡啓程，這整個聚落簡直就是個陷阱。荒野狗幫不屬於這裡！」

月亮倏地起身，理智終於崩潰。「我不會離開孩子們的父親。如果你們不願意幫我，我自己前去營救他！」

空氣中凝結著一股緊繃的氣氛，狗幫的成員望著月亮再看著艾爾帕。衆狗似乎屏息以待。

接著，史奈普的鼻子抽動了一下，深吸一口氣。幸運突然抬起頭，似乎也聞到同樣的氣味。狗幫其他成員也跟著留意到，紛紛抬高了鼻子。

「什麼味道？」陽光問。

「是狗的氣味。」麥基小聲說。

「我知道這個氣味。」甜心張著鼻孔說。

「所有狗兒立刻就作戰位置！」艾爾帕一聲令下。「我們遭受攻擊！」

第十三章

幸運發現狗幫根本沒有時間整頓隊伍，只能倉促就防禦隊形站定。位處美食屋狹窄的空間裡，眾狗甚至無法根據階級排好位置，他只能將黛西與陽光匆匆推向他身後，確保她倆盡可能受到保護。幸運注意到懷恩遭遇危險時退縮到一旁，根本不想要幫忙。**這真是他最典型的處世態度！**月亮則是站在甲蟲與荊棘面前發出咆哮，但是兩隻幼犬卻越過了他們的母親，站在隊伍間。月亮內心感到無比驕傲地望著她的孩子，臉部表情稍微和緩了些。

艾爾帕站在隊伍中央，面對入口處破損的透明石，露出牙齒說，「你們瞧？我們待在長爪的地盤上根本無法防禦自身的安全。如果能夠活著離開這裡，我們得繼續前進，不得有任何異議。」

「我們稍後再討論這個吧。」甜心打斷他的話，半開啓的門邊出現一道陰影時，她嚇得寒毛直豎。

一個側臉率先出現在大夥面前，朝空氣一陣嗅聞。門稍加開啓了些，幸運驚訝地抬頭。棕白色的頭搭配一雙困惑的眼神透過門縫往裡瞧，看似眼熟。

「別……攻擊！是我，崔奇！」

緊繃的情勢立刻紓解，幸運感覺到大夥似乎在同時間鬆了一口氣。春天大嘆一口氣，月亮則閉起雙眼。

「崔奇？」史奈普一臉狐疑問，幸運察覺到她記起上回遇見崔奇時與他的狗幫之間發生的一場激戰。

崔奇跛腳步上前，垂下兩隻耳朵與他的頭，趴躺在地，渾身發顫。「拜託你們，我跟森林那場激戰一點關係也沒有。」

「這是誰的計畫？」艾爾帕大聲咆哮。「是那個叫做無懼的傢伙嗎？」

「不算是。」崔奇顫抖著身體。「這稱不上是無懼的計畫，他不過是……」

「那麼你到這裡來的目的爲何？希望不是想要求我們讓你回來吧，我這裡不需要跛腳狗。」艾爾帕眼神輕蔑地望著崔奇的三條腿。「特別是背叛者。」

崔奇臉上掠過一絲受傷的表情，不過他的聲音依舊帶著服從與尊敬之意。

「我並未提出這樣的要求，艾爾帕，我也知道你不會收留我。我之所以到這裡來是因爲費瑞被抓走了。我們狩獵完，在返回營地的路上見到長爪抓走他。」

「這麼說你是到這兒來幸災樂禍的嗎？」艾爾帕問。「這麼做眞是不智。」

「不是這樣！而是我知道他被抓去哪裡。」崔奇眼神充滿焦慮地向後張望。「我知道費瑞的下落。」

幸運內心燃起一絲希望，一旁的月亮張口結舌，跳上前。「快告訴我，崔奇！他在哪裡？」

艾爾帕步上前，耳朵向後垂，不懷好意說，「我們憑什麼相信這隻跛腿犬所說的話？你爲什麼要相信他？我知道我不會這麼做。」

月亮的目光從艾爾帕的身上轉而望向崔奇，眼神充滿絕望，她一臉狐疑舔著嘴，崔奇則發出低吠，狀似哀求。

「崔奇，怎麼回事？」幸運最後開口問。「過去長爪只會在城市抓狗，像我跟甜心當時被關進收容所是因爲他們不喜歡見到狗在他們的大街上遊蕩。」

「你不是說過長爪很樂意餵你食物。」艾爾帕哼著鼻子說。

「沒錯，其中有些長爪的確如此。但是其他長爪們可不樂意見到狗兒四處走動。他們認爲我們只會破壞環境，弄得一團糟。但是他們爲何捕抓野地裡的狗？這點令人費解。」

「不，不難想見原因。」瑪莎輕聲回應。「他們要找的不是被他們棄之不顧的拴鏈犬。」

崔奇的尾巴重重拍打地面，帶著不悅。「我並不知道他們的想法，但是我知道他們前去的方向，可以猜得出費瑞的下落，他被關在狗花園內。」

狗幫所有成員一陣驚呼。「狗花園？」布魯諾大喊。「不！」

「那地方是猛犬的地盤。」陽光一臉驚嚇。

幸運渾身寒毛直豎。他還以爲他們再也不必回到那個陰森且邪惡的狗花園，猛犬們在那裡過著嚴峻的生活。幸運跟麥基就是在那兒救走小猛犬，卻因此引發狗幫之間的衝突對立。

「長爪們難道跟猛犬聯手出擊？」達特問。「如果眞是這樣，我們一點勝算也沒有！」

「你能夠想像嗎？」春天驚呼。「長爪聯手猛犬！」

「是這樣嗎？眞是這樣？」艾爾帕問。

「我不知道。」崔奇咕噥著，「我只知道我看見了什麼。在我獨自生活那段期間——我是指加入無懼的狗幫之前——當時我仍帶著傷，在森林內見過長爪幾回。」

「他們難道不會獵捕你？」瑪莎問。

崔奇搖搖頭。「儘管生活比在狗幫時不容易，但是單獨行動不會引起長爪的注意，我自己也盡量保持安靜。他們多半待在狗花園內，不知道在籌畫什麼重要的事。但我不清楚猛犬們當時是否仍在其中，我沒見到他們的蹤影。」

幸運用後腿抓搔他的耳朵，接著若有所思拍打他的尾巴。「記得上回我在那兒救出小猛犬時，」他喃喃說著，「幾乎沒聞到成犬的氣味。我不認爲猛犬現在還待在那裡。」

「但是如果長爪們選擇跟猛犬聯手出擊……」史奈普一臉狐疑。「他們很可能回去。」

「他們肯定會回去。」艾爾帕說，「猛犬們一直想要跟長爪合作，這是我們爲何稱他們是長爪的走狗，記得嗎？」

「他們的確很崇拜長爪。」麥基小聲說，「跟我們不同。這一切顯得十分……怪異。」

幸運打了一個哆嗦，記起大牙的耳朵遭截斷的痕跡，情況跟長爪對待猛犬的方式如出一轍，但是他此時不知該如何提起。「記得上回我們遭刀鋒攻擊的情形嗎？他們離開狗花園一段很長的距離，他們絕不會大老遠從他們的地盤前來帶回幼犬。這一點說不通。」

黛西渾身發顫。「天知道對猛犬來說什麼才合理？」她說。

「總之，你不過是隻都市狗懂得什麼？」懷恩語帶輕蔑。

幸運朝他齜牙咧嘴，舔舔黛西，給她安慰。「我不認為猛犬們還待在狗花園裡。」他對她說。他望了一眼月亮後，繼續說道。「所以我不認為我們需要擔心他們會傷害費瑞。」

月亮步上前，充滿決心。「但是我們還是得救他出來。」

「沒錯。」幸運附和。「誰知道那些長爪會做出什麼事來？」

「不。」艾爾帕大聲否決。「最要緊的莫過於維護狗幫的安全。」他的目光掃視狗幫眾成員。「我們怎麼知道那隻跛腿犬說的是實話？他向來十分軟弱。他很可能引誘我們掉入無懼的設下的陷阱裡。我敢說那隻瘋狗想要報復。」

那是因為你打心裡這麼認為的緣故，幸運心想，不過他卻保持緘默。

「我保證我說的都是實話。」崔奇發誓。「我對你們說的都是眞的，這是我到這裡來的原因。」

「你簡直在浪費你的時間。」艾爾帕大發雷霆。「我準備啓程，現在。」

懷恩率先爬向艾爾帕身邊。「我準備好離開了。艾爾帕是領袖，不是嗎？」

達特點點頭，然後跟著步上前。史奈普與春天則是面面相覷。他們上前幾步，停下來，然後跟隨自信滿滿的艾爾帕帶著他們離開美食屋。布魯諾滿臉歉意回頭望向幸運，然後跟麥基一塊兒加入離開的行列。黛西跟陽光在瑪莎龐大身軀的保護之下也跟著踏出步伐。

「等等！」月亮大喊，「怎麼回事？我們當眞拋下同伴不顧？」

狗幫其他同伴撇開目光，但甜心卻咆哮道：「這是艾爾帕的決定。」幸運認爲她其實並不贊同這個決定。

「如果艾爾帕落入長爪的陷阱？」月亮口氣堅定，瞇起眼睛。「他難道不希望自己的狗幫前來營救他？」

「我不會落入他們設下的陷阱。」艾爾帕的口氣輕蔑。

幸運頸背高聳，感到自己快要崩潰。甜心望了他一眼，像是在警告他。

「幸運！」她喊道。「別起鬨。」

他一臉不可置信，齜牙咧嘴。如果她試著想要讓他冷靜下來，恐怕只會造成反效果。忿怒在他內心醞釀著，宛如一場即將降臨的暴雨。

「有何不可？」他大喊。「我爲什麼得聽你的勸，貝塔？」

艾爾帕發出吠叫，步向幸運面前，卻遭甜心打斷。「夠了，幸運。」

他佇立原地良久，怒不可遏，卻無從決定。**我為什麼要聽甜心的勸？**他心想。**她向來支持他的決定，縱使她知道他的決定未必是對的！別在意費瑞，**他心想。**甜心老早就該自己跳出來挑戰艾爾帕！**

幸運舔舔下顎，急於表達內心的想法。但這麼做又有何用？這麼做並無法解決問題。眼下最重要的事是救出費瑞，想辦法阻止艾爾帕棄他於不顧。

他越過甜心，當他奔向大街時，差點撞倒她，狗幫其他同伴則等候艾爾帕的命令。幸運挺直背脊面對狗幫的成員，揚起他的頭。**我得讓自己看起來像領導者。**

「拯救費瑞是唯一的選擇。」他喊道。「艾爾帕跟狗幫其他同伴一樣清楚這一點。」

艾爾帕走到他的面前咆哮道：「別以爲我不知道你在打什麼主意，街頭佬。你要引誘我的狗幫落入同樣的陷阱！」

幸運感到不可置信，望著眼前的狼犬，他如何得到衆狗的認可？他抬起頭望向其他同伴。「你們都知道這不是眞的！」

「身爲狗幫的領袖，我將負責帶領同伴前往救援。」艾爾帕的眼神宛如發出黃色光芒的石頭般銳利。「這意味我將率先掉入長爪設下的陷阱。這麼一來，狗幫將落入你的手裡，不是嗎，幸運？」

「眞荒謬！」

「是嗎？我可不會輕易落入你這個城市佬的謊言裡，就算其他同伴相信你這一套。」艾爾帕的腳爪抓扒著硬石子路面。「我做的是身爲一個領袖應該做的事，保護我的狗幫。」

「那麼你爲什麼不管其中一名同伴的死活？」

艾爾帕抬起頭發出怒吼：「我受夠了這番爭吵，城市佬！如果你想要進行一場死亡任務，就自己滾。如果你想要自投羅網，也請便。我不會讓狗幫的成員跟你一起去送死！」

「難道不該問問他們的意見？」幸運大聲回應。

艾爾帕倏地轉身，他的尾巴掠過幸運的臉龐。幸運呼吸急促，憤怒令他心跳加快。**別讓他激怒你，你不知道其他同伴此刻是否支持你。**

艾爾帕逐一望向保持緘默的狗幫成員的眼睛，此時他們站在佈滿屍體的路上。死亡的氣味似乎愈發強烈。

「任何一名想要前去送死的成員，可以任意離開狗幫，跟隨幸運走。」他露出尖牙說道。「選擇效忠狗幫的狗跟我走。」

第十四章

幸運衝向艾爾帕身邊。「事情不該這樣發展。」他大聲咆哮。「沒有必要將狗幫一分爲二。這麼做真是太愚蠢了！」

艾爾帕似乎隨時要上前掐住他的喉嚨，甜心卻適時制止，她貼近幸運身邊望著他。「那麼你有什麼提議？」

幸運向崔奇點點頭，他坐在門邊，試著不引起注意，他壓低身體，兩隻耳朵平貼在腦際兩側。「崔奇負責帶幾隻狗返回狗花園，告訴我們費瑞遭囚禁的地點。艾爾帕則可趁機帶領狗幫其他成員沿著河水之犬的路徑，尋找新營地。」

「不管怎麼說這樣一來還是會分散狗幫。」甜心的尾巴拍打著地面。

「如果艾爾帕率領的狗幫留下足跡就不會如此。那麼我們便能夠後來居上——我跟其他加入我的行列的狗幫成員。」

甜心在艾爾帕開口前打斷他。「好主意，我們會留下氣味。」

幸運眨眨眼。甜心是艾爾帕的衷心貝塔，然而緊繃的氛圍令幸運不禁寒毛直豎。儘管艾爾帕默不作聲，但幸運依舊感覺得到甜心這番話的重要性。她的這番言論與艾爾帕唱反調，狗幫上上下下皆明白這一點，艾爾帕接下來究竟該如何回應，才不會讓自己在眾狗面前像個蠢蛋？

此外，幸運還發現到另一點，那就是甜心清楚知道幸運一定會返回狗幫。她信任他組成搜救小隊，這樣的信任感令幸運不免感到內心一陣溫暖。

顯然，艾爾帕可不這麼認爲。狼犬的喉嚨發出隆隆聲響，帶著輕蔑不屑。「好吧，甜心。我們假設幸運這趟愚蠢的任務會有成員生還。」

甜心輕輕低下頭，不敢對這番訕笑做出回應。**我得設法證明她對我的信任沒有錯**，**幸運心想**。**我會將所有小組成員毫髮無傷帶回來……**

但是他無法確定其他成員如此認爲。眾狗們七嘴八舌討論，尾巴不停拍打地面，無法做出決定。懷恩坐在艾爾帕身邊，竊笑著。呃，幸運心想，**反正我不需要他的支持**。**但是其他成員作何反應呢**？

月亮立刻走到幸運身邊。甲蟲與荊棘嚷嚷著一同前往，但月亮卻轉身輕聲對他們說，「不，你們得留在這裡。此行是背水一戰，孩子們。」

「但是我們也想要去救爸爸呀！」荊棘大喊。

「不行。我告訴過你們要平安無事才行。如果我還得分心注意你們的安危，就不能專心把爸爸救出來。明白嗎？」

甲蟲滿臉不悅低下了頭。「知道了。」

月亮舔舔兩個孩子的頭。「我會找到他的，你們放心。」

月亮加入幸運的行列，幸運朝她點點頭。她是令幸運感到足以依靠的其中一個同伴。其他同伴的意願呢？他垂下耳朵，試著不去聆聽他們的低聲交談。如果他還想返回狗幫跟他們一塊兒生活，他就不能對任何一個同伴心生怨懟。

他們有選擇的權利，他對自己說，他的目光在布魯諾、瑪莎與史奈普之間來回游移。我得讓他們自己做決定。

陽光儘管一臉哀傷，卻仍敢直視幸運的眼睛。**不要緊，陽光**，他對她眨眨眼睛作爲回應。小狗肯定知道自己非但幫不上忙，還可能阻礙計畫，但這並不意味她不想加入幸運的救援行列。

貝拉，又怎麼說？如果連妹妹都不能支持他，他眞不知道該作何反應？

但是當他倆的目光相接觸，他明白一切擔心都是多餘。她默默走向他的身邊，幸運發現自己搖擺的尾巴與貝拉彼此拍打一塊。

甜心蹲坐在地，與其他同伴相隔一小段距離，目光呆滯。幸運感覺如鯁在喉，起身，走向她的身邊。

他立刻覺察到她並未轉過頭。「你決定跟隨艾爾帕，不是嗎？」

甜心懷抱著遺憾說：「身爲他的貝塔，幸運。我別無選擇。」

他的內心一陣退縮。**她又再次選擇了艾爾帕，而不是我**。「每隻狗皆有其選擇的自由。」他無法掩蓋聲音裡的憤慨。

「你不明白，幸運。」

幸運站起身，肌肉緊繃且顫抖。「這是頭一回你我達成共識，甜心。我的確不明白。」

瑪莎則在貝拉身邊坐下，臉上的表情沉穩而堅定。**真有你的，瑪莎**，幸運心想。瑪莎、月亮、貝拉跟我足以組成一個救援小隊。太多狗參與還會壞事。他朝小組成員走過去，彼此互相加油打氣。這是我的救援小組。

恬恬衝上前，濺飛起細碎的小石頭。「我們何時啓程？」

幸運望著幼犬渴求的眼神，心情跟著感到沉重。「我不知道，恬恬。」

她坐了下來，一臉困惑。「這話怎麼說？我們得盡快離開才行！」

「不！我是指……」幸運深呼吸一口。「恬恬，我不認爲你應該跟我們一起去。狗花園是你的出生地。」

「那又如何？」她大喊。「有什麼問題嗎？」

幸運闔上眼。他討厭自己得說出口，但是恬恬必須明白。他不可能帶她一塊走，他十分確定。「恬恬，我不認為你已經準備好。」

「這話是什麼意思？」她不可置信問。

「你還不會控制自己的情緒，雖然遲早會學會，但是你現在年紀還太小。我曾見過你情緒失控的模樣。不只一次。」儘管她想辯解，幸運仍繼續往下說，「你太容易發怒，讓情緒控制了你，而且……」

「而且什麼？」她眨了眨眼睛。

「你私下跟大牙見面。」他偷偷提醒她。「你心裡仍對猛犬狗幫念念不忘。這點不難理解！我知道這需要時間，但是……」他嘆了一口氣。「我不認為帶你返回狗花園是明智之舉。還不是時候。」

恬恬的頸背高聳，毛髮直豎。「我效忠我的狗幫，我會向你證明！帶我一塊去，我肯定幫得上忙。」

此時，他突然可以體會月亮的感受，必須對行事衝動的幼犬提出的要求加以拒絕。幸運搖搖頭。「這回你必須乖乖待著，恬恬，我不能冒這個險，抱歉。」

小猛犬睜大了眼睛好一會兒時間，憤怒地大口喘著氣。最後，她不發一語，轉身，離去。

太陽之犬高掛天空，耀眼的光芒投射在灰撲撲的街道上，救援小隊的成員向同伴們離情依依道再見。崔奇在距離不遠處耐心等候，月亮舔著荊棘的鼻子，輕輕蹭著甲蟲。幸運瞥了甜心一眼，但是她堅決地撇開頭。

艾爾帕此時卻望著他的眼睛。狼犬的臉上面無表情，但是幸運明白他倆之間的衝突並未了結。他背過身去，集結救援小隊，準備跟隨崔奇啟程。

「再見，幸運。」陽光難過地說。

「相信我們很快就能見面。」麥基的道別聲回盪在美食屋的牆面。

來到樹林邊緣，月亮停下腳步，回頭張望，其他同伴也跟著回頭。他們遠遠聽見艾爾帕下達命令要所有成員離開長爪的聚落。史奈普、春天與黛西向他們道別，幸運此時也聽見了甲蟲與荊棘的稚嫩聲音在群狗間顯得特別突出。

「注意安全呀，孩子們。」月亮大喊。

希望大夥都能平安無事，幸運心想。**希望我們很快彼此能夠再見**。

楓紅谷地這天的天氣特別晴朗，幸運很高興能夠進入森林裡的陰涼處，儘管這地方充滿危險。崔奇跑在前頭，動作比起幸運所想的還要敏捷。

「你看起來眞不像是缺了一條腿。」幸運一臉驚訝對他說。

「我知道。原先那條瘸腿只會阻礙我，老是得提心吊膽。」崔奇豎起耳朵在松樹叢間奔跑。「現在少了那條腿，我可以跟剩下的三條腿好好度日。大咆哮發生以來，狗兒得學會適應最糟的狀況。」

這倒是眞的。幸運對崔奇適應環境的態度大感佩服。**艾爾帕總是輕易打發他認為不適任的狗**，幸運心想。崔奇很可能是狗幫可以依靠的人才。

一陣刺鼻氣味打斷他的思緒。幸運停下腳步，怔住不動，仔細嗅聞。但是太陽之犬高掛天空，天氣如此晴朗……

「怎麼回事？」貝拉在他身邊駐足。

幸運緊眉。抬頭可見頭頂的枝椏間，天色逐漸昏暗，樹叢間颳起冷風。

「是天要降下酸雨了！」他大喊。

瑪莎此時來到他們身邊。「這地方不見任何遮蔽處，這些樹根本抵擋不了雨水。」

「我現在明白幸運爲什麼喜歡城市生活。」崔奇喃喃說著，轉身加入大夥的行列。「城市裡多的是可以避雨的地方。」

「現在來不及返回美食屋。」幸運說，「只能儘可能找地方躲雨。」就在此話說出時，天空突然打起了雷。閃電在天犬之間嬉戲，這意味隨時將降下雨水。眾狗不安往前奔跑，接著倏地轉身回頭。

「我們要往哪個方向？」瑪莎問。

幸運環顧林間樹蔭，枝椏隨著揚起的風擺動。他透過松樹的間隙，看見一個長滿了蕨類的堤岸，越過堤岸有一株盤根錯節的老橡樹。「快，朝這裡去！」

大夥朝堤岸猛衝，越過堤岸頂。老橡樹的根部盤根錯節，突出地表，而且枝繁葉茂。

「這是目前最佳的避難處。」幸運喊道，他帶領同伴貼近樹幹避雨。他們彼此相互依偎，不時憂慮地抬起頭望向濃密的枝椏。

這是目前可以寄託希望的最佳地點，幸運心想，**只要雨勢不致於過大。我們也只能向天犬祈禱**。

天空再次打了一個雷，幸運豎起耳朵，豆大的雨水開始霹靂啪啦落在頭頂的葉子上。高聳的松樹在暴雨中發出呼號，風雨聲在枝椏間發出淅瀝聲響。

雨水打在地面時，月亮嚇得朝後一退，撞上幸運。幸運心跳加速，他聽見一旁的貝拉嚇得發出嗚咽聲。雨滴淅瀝淅瀝落在糾結的樹根，打在他的身上。

雨水果然還是穿透枝椏！幸運感到一陣絕望。

雨水刺鼻的氣味愈發強烈，燒灼他的鼻子。幸運一陣作嘔，咳了起來，聽見貝拉發出哀號。雨勢逐漸加大，濺波在他們身上，淅瀝淅瀝落在土壤上，枯黃的雜草宛如野火搖曳。幸運身邊的崔奇也忍不住渾身發顫。

「不要緊。」幸運在暴雨聲中喊話。「別擔心。大雨很快就會停歇！」

「我看不一定。」貝拉回應，雨水落在她的前腿間時，她嚇得朝後一退。「要是酸雨灼傷地犬該如何是好？要是她的脾氣一發不可收拾，再度咆哮？」

「我相信不會發生這樣的事。」幸運回答。**我在撒謊**，幸運心想，渾身顫抖。**我一點也不敢保證**。

雨水沿著樹幹順流而下，形成一道小水流，流入地面，變成小水窪。月亮不斷退縮，發出嗚咽聲響，如今地面已經潺濕一片，幸運十分明白。他用腳掌遮住雙眼。**求求你，地犬，可別選在此時發怒。我們並沒有做錯什麼，請別懲罰我們**。

崔奇也不斷瑟縮著身體，想要避開沿著樹幹落下，流入水窪的雨水。「我們得離開這裡！」

他說的沒錯，我們得另外尋找絕佳的避難處。幸運站起身，甩開濺波在身上的雨水，免得雨水滲入皮膚。烏雲籠罩了整座森林漆黑一片，但是他卻見到幾步之遙的距離外有一道白光。「跟我走！」

其他同伴顯得躊躇猶豫跟著起身，他們甩動身體，帶著不確定。但是幸運卻倏地跑離開大樹。過了一會兒，他才聽見背後傳來一陣慌亂的步伐，氣喘吁吁跟上幸運的腳步。

幸運闔上眼睛，朝前奔跑，他蒙著眼前進，害怕雨水打進他的眼睛。我現在走的方向正確嗎？他的內心十分驚慌，腳步凌亂。

接著，他感覺到腳底踩踏著堅硬的石頭，於是睜開眼睛。「就是這裡！」突出的岩壁面積狹小，光禿的地面見到了向外延伸的石板。幸運身子一傾，滑進石板塊裡，不一會兒感覺到貝拉的身體與他撞在了一塊，於是他朝洞穴內部移動，裡面比起原先所想的還要深邃。其他同伴也跟著擠了進來，大夥手忙腳亂，緊貼著彼此。他們簇擁一起，不安地扭動身體，望著洞穴外的滂沱大雨，密佈的烏雲間響起了一聲雷。

「及時找到避難處。」月亮喃喃說著，她緊靠在幸運身邊，不住顫抖。

幸運扭動他的頭，移開崔奇壓在他眼睛上的前腿。地面冰涼、潮濕，充滿各種氣味。腐敗的樹葉底下傳來死老鼠的氣味，還有鍋牛的黏液。他還聞到了幾隻年長的獾，為了標示地盤所遺留下的氣味。幸運記起曾經跟他們交手的經驗，儘管傷口已經癒合，內心依舊忍不住發顫。

我可不想要在此地久留。其他同伴也不想。他們的聲音透露出不安的情緒，肌肉忍不住顫抖，地面的溼氣似乎已經侵入骨頭一般。

「如果這場雨暫時還不停。」瑪莎輕聲說，「我都可以游出這裡。」

「或許這趟任務是個錯誤。」崔奇開口。「聽著，我很抱歉。如果你們想要回去，加入艾爾帕，就去吧。如果腳程快一點，說不定還可以趕上他們。至少，你們試過了。」

幸運緊咬牙根，屏住呼吸。**我不該開口表達意見，他們必須自己決定**。

「我不會拋下費瑞！」月亮聲稱。「你們可以選擇打道回府。」

「辦不到！」貝拉嚷嚷道，聲音聽起來有些不耐。「這件事既然起了頭，就必須完成。」

「沒錯。」瑪莎附和。

幸運渾身虛軟無力，鬆了一口氣。**還有希望，再沒有比他們更好的同伴能夠一同參與救援**。跟這樣的同伴一起出任務，才有機會救出費瑞。

說不定，我們可以查明這群披著黃色毛皮的長爪們在搞什麼鬼。

第十五章

天犬今天的情緒真是變化莫測，幸運心想，他不安地朝洞穴外面張望。前一刻，天空降下滂沱大雨，飄著黑色灰燼，四周朦朧一片，雨水淅瀝淅瀝打在地面。下一刻，雨勢倏地緩和下來，太陽之犬發出的微弱光芒穿透樹頂間的枝椏，投射下來。光線映照在溼透的樹皮和葉子上閃著光芒，在小水窪上頭閃閃發亮。幸運舔舔嘴。不論他如何口渴難耐，一點都不能沾到這些雨水。

至少，地犬並未怒不可遏，搖撼地面，甩開酸雨。他內心鬆了一口氣，轉身面對其他同伴。「走吧，大夥。沒有大咆哮發生，我們得盡快前去救出費瑞！」

崔奇掙脫同伴，拖著其中一隻前腿來到洞穴入口，然後伸展他的腿。「那麼我們快點行動吧。」

瘸腿犬跑在他們前方，其他同伴分別爬下堤岸，進入森林。在太陽之犬的映照之下，地面乾的很快，他們繼續向前行，輕易就能避開地面的水窪。

瑪莎抬起頭，嗅聞空氣，然後用肩膀撞了幸運一下，眼睛散發興奮的光芒。「我們快要接近河邊。」

「那很好啊，我想。這樣一來不就更加接近狗花園？」

瑪莎鼻孔一張，渾身發顫。「這條河水並不乾淨，因爲大咆哮之故污染了河水。」

「呃，至少我們不必抱持希望。」幸運對其他同伴說，「聽著，我們抵達河邊時，千萬別喝水，河水有毒。但是我們至少是朝向狗花園的正確路上。」

月亮跟著附和。「太好了。我們已經浪費太多時間，天知道費瑞會發生什麼事？」

衆狗們前進時，枯黃的雜草向兩旁分開，不一會兒閃著嶙峋波光的河水便在他們眼前展開，太陽之犬發出的光芒映照在水面，閃著誘人的光芒。**河水如此平靜無波**，幸運感到期待落空，**然而我們卻一滴水也不能碰**。他知道其他同伴的喉嚨肯定跟他一樣乾渴，他感覺到嘴裡的舌頭腫脹。

崔奇突然停下腳步，迫使跟在他身後的幸運停下來。「幸運，等等！河水另一頭似乎有動靜。」

「怎麼回事？」月亮問，她跟貝拉和瑪莎跟在他們後頭停下來。衆狗頸背高聳，提高警覺。

幸運匍匐在地，穿過雜草堆，直到他能夠看清楚堤岸另一頭的動靜。是一群狗！他立刻察覺到，相信崔奇也發現了。

他們身軀嬌小，因爲飢餓顯得骨瘦如柴，無懼大發雷霆，在他們面前來回踱步時，這群狗只能瑟縮在地。**是崔奇的狗幫，不能讓他們看見我們**。

無懼高昂的粗啞聲音在河邊清楚迴盪。「你們對恐懼之犬一點都不尊敬！沒有一個！在他面前要顫抖著身體，懇求饒恕！震攝他的威嚴！」

「他還是那套怪力亂神。」幸運輕聲說，「什麼恐懼之犬！」

崔奇眼神帶著恐懼朝他瞥了一眼。「你不相信恐懼之犬的存在？」

「當然不信。」幸運語帶嘲笑。「無懼散播這些謊言只是爲了恫嚇他的狗幫，這對眞正的神靈之犬來說無非是種侮辱。」

崔奇渾身顫抖。「但如果眞有恐懼之犬存在？這世上也有可能存在我們從沒聽過的神靈之犬啊？」

「他說的有理，幸運。」瑪莎低聲說，她望著河對岸怒不可遏的無懼。「我們如何認識這世上所有的神靈之犬？從前在城市裡生活，貝拉和我跟長爪一塊生活時，壓根不知道天犬的事！」

「這倒是真的。」貝拉輕聲附和。「天犬的事是你告訴我們的，幸運。也許，這世上還存在著我們所不知道的神靈之犬。」

幸運也不禁感到納悶。

他深吸一口氣，接著嘆口氣。「你說的對，我的確不可能認識所有的神靈之犬，沒有一隻狗辦得到。但是我並不認為有恐懼之犬的存在。」

「這話怎麼說？」貝拉問。

「我們難道可以分辨得出狗兒是否正在跟神靈之犬溝通？」幸運回答。「想想大嗥叫的經驗，你們有何感想。你們可曾感覺到恐懼之犬的存在？你們其中有誰感覺到？我們感覺得到瑪莎跟河水之犬之間的聯繫，打骨子裡清楚感覺到神靈之犬。但是你們瞧瞧無懼現在的模樣。」他轉過頭去，望向河對岸那隻發怒、來回踱步的狗瞧。「恐懼之犬唯一存在的地方就在那隻瘋狗的腦袋裡！」

「但無懼說……」崔奇開口。

「這就對了。你感覺不到恐懼之犬的存在，對吧？這一切全出自無懼的口中，因爲他是唯一見到恐懼之犬的狗。你的狗幫成員全都相信他那套說詞。你們根本沒有見到或是感覺到恐懼之犬的存在，但是無懼卻說服你們相信。他的說法一點都不牢靠。他把自己抽搐的病症說成是神靈之犬帶來的『訊息』！這一切根本是胡言亂語。他的狗幫成員憑什麼要聽信他說的隻字片語？」

「你這麼解釋看似合理。」崔奇不安辯解，「但是如果……」

「崔奇。」貝拉緩緩說著。「我認爲幸運說的很有道理。我的確見過像無懼這樣的狗。」

崔奇的耳朵抽動了一下，但是幸運卻笑著說，「見過他這樣的狗？不可能吧？」

「眞的。」貝拉口氣堅定。「你不是描述他的身體抽搐，還會翻白眼？呃，我在獸醫那兒見過這樣的狗。」

「你說在哪裡見過？」月亮問。

「獸醫啊，我們從前在城市裡生活時，只要生病主人就會帶我們去那裡。那地方會有披著綠色毛皮的長爪在他的聖壇內治療我們的病。」

「哦，我直到今天才聽說有這種事。」月亮皺起鼻子，一副不可置信的模樣。

貝拉完全無視於月亮的反應，繼續往下說：「有時候，他會沒來由朝你的頸部刺一下，不過之後你的身體會舒服些。一回，我吃壞肚子，跟主人被帶到一個小房間裡，等候獸醫的治療時，見到一隻瘦弱的小白狗也被帶了進來。她表現的就跟無懼一樣，身體在籠子裡不停抽搐，眼睛就跟溺水的狗一樣翻白眼。我想她的主人把她關在籠裡是怕被她咬傷。也許她在跟恐懼之犬交談，但是我並不這麼認爲。她不過是生了重病，獸醫同意把她帶進他的聖壇內治療。」

在場所有狗兒緘默不語，貝拉駭人的故事令他們飽受驚嚇。

「她從此再也沒有醒過來。」貝拉難掩悲傷說，「所以你們看，我不認爲她在跟神靈之犬溝通，我只是覺得她病的不輕。長爪很清楚這件事，獸醫醫術高明而且仁慈。我認爲無懼跟那隻小白狗犯了一樣的重病。」

幸運舔舔下顎。拴鏈犬至今仍會因爲知道許多他不知道的事令幸運大感驚訝，貝拉的故事在某方面來說帶給他安慰。無懼的瘋狂舉動因此有了合理的解釋。

就在幸運想要回應妹妹時，河對岸那群狗幫突然間出現一陣騷動。，幸運與同伴感到驚訝不已。

「你眞是好大的膽子！」無懼提高嗓門咆哮，朝一隻小黑狗猛衝，他的前腳壓制在他的身上，將身體的重量壓在上頭。「你憑什麼質疑偉大的恐懼之犬？」

對方狗幫的成員們無不各個歇斯底里發出呼喊，遭無懼攻擊的小狗瑟縮在地，驚慌的張牙舞爪。

「無懼。」另一隻狗顫抖著身體步上前。「偉大的無懼，求求你。我不認爲小波有意要這麼做……」

無懼發出尖聲咆哮，一個轉身，奮力咬住那隻發抖的狗，用力甩著他，最後將他壓倒在地。小波試圖爬開，他緊貼地面匍匐前進，宛如與地面合而爲一。

崔奇粗啞著嗓子對幸運說，「你瞧？這就是無懼管理狗幫的方式。有誰膽敢跟他爭論？當你不知道你的艾爾帕下一步會做出什麼事來的時候，你會驚訝自己變得有多順從屈服。」

「他的狗幫成員沒有瘋。」月亮說，「他們只是嚇壞了。」

「沒錯。」崔奇回答。「他們並不壞，只是出於恐懼所以聽命於無懼。就跟我一樣。」

「你這次幫我們這個忙可說冒了很大的風險。」月亮小聲說，「我現在才發現我們欠你一個大人情，謝謝你。」

「我們應該介入他們的事嗎？」瑪莎不安地顫抖著身體。「幫助這群可憐的傢伙？」

貝拉搖搖頭。「我認爲我們應該盡可能不去介入，特別是無懼並未發現我們的蹤影。」

崔奇心懷感激望了她一眼，搖擺著尾巴。

「我急著找到費瑞，並不想要看見那隻瘋狗。」月亮說，「我們必須離開這裡。」

「那麼我們應該繞遠路前往狗花園。」幸運附和。「我不想讓無懼聽見我們說話或是聞到我們的氣味。誰知道他會做出什麼事。」

「別擔心。」崔奇小聲說，「相信我，無懼在發怒時，不會去留意周遭的一切。」

幸運率領的搜救小隊躡手躡腳返回雜草堆，匍匐在地進入樹林。這地方接近河邊潮濕的土地；溽濕的樹皮以及腐敗的落葉散發的潮濕氣味掩蓋了他們的身上的味道。至少，無懼很難聞到我們，幸運心想，他的腳掌踩踏在濕黏的泥巴裡正忙著抽出。

儘管如此，任何聲音都聽的一清二楚。落葉被踩踏發出沙沙作響的聲音令衆狗停下腳步。

「現在怎麼辦？」貝拉六神無主。「森林爲何總是危險重重？常常出現危險、不好惹的狗！」

月亮豎起耳朵，緩慢繞行一圈。「你認爲那隻狗會在哪裡？」

幸運斜倚著頭。「在我們身後。如果我們加緊腳步，也許可以甩開對方，我們看起來應該不具威脅性，只要假裝我們沒有注意到就行，不過我們得採取並肩行動的隊形。」

大夥根據幸運的提議排好隊伍前進，偶爾回頭張望。月亮站在幸運的右側，貝拉則站在他的左邊位置，他們小心翼翼穿過森林。幸運留意到同伴們游移的目光，知道他們也清楚聽到身後傳來踩踏樹葉發出的沙沙聲響。

「我不喜歡這樣。」幸運走了幾步後小聲說，「不管對方是誰，似乎仍緊追在後。我認爲月亮跟貝拉應該退向兩邊，減緩腳步。我則繼續往前走。如果對方仍緊跟在我身後，你們倆改走在對方的身後。最後來個出其不意，將對方包圍起來，察明對方的身分。」

月亮跟貝拉點點頭，幸運用眼角的餘光看著她倆分別轉向兩旁，最後宛如影子般消失在森林間。他望著貝拉幾乎跟老練的荒野狗幫成員月亮一樣，在森林間移動而能不動聲色，內心充滿驕傲。

崔奇與瑪莎走在幸運身旁，取代貝拉與月亮原先的位置。幸運不喜歡老是得留意背後敵人的動靜，他渾身寒毛直豎，卻強迫自己別回頭張望。輕柔的腳步聲似乎逐漸接近他，狗兒的氣味也愈發強烈。再靠近一點，他就能夠分辨出來對方究竟是無懼的手下、猛犬狗幫成員或是陌生狗。

貝拉跟月亮此時想必已經埋伏在後面？幸運緩下腳步，猶豫一會兒，一陣微風將狗兒的氣味送進他的鼻子。

「現在！」他邊喊道，邊回過頭去。

崔奇與瑪莎跟著幸運同時轉身，準備朝背後的跟蹤者猛撲過去。對方怔住不動，飽受驚嚇。太陽之犬的光芒直射著幸運的眼睛，不過他仍能夠見到對方有著一身光滑的毛皮以及結實的肌肉。

是猛犬！他們來不及改變心意逃開，必須與對方正面對峙，不論對方有何目的。幸運發出咆哮，朝這隻驚嚇不已的狗猛衝。只見那隻狗半轉過身，像要跑開，不過卻正面迎向貝拉以及月亮的方向，她倆朝前逼近，齜牙咧嘴發出咆哮，向對方示警。

這隻狗猶豫了一會兒，不過這已經足夠。幸運率先逼近，朝對方身上撲過去，將對方撲向身後的矮樹叢。月亮不一會兒也趕了過來，協助幸運制伏這隻猛犬，對方拼了命掙扎，用盡全身的力氣。瑪莎、貝拉與崔奇上前支援，一邊發出吠叫，一邊阻擋可能逃生的出口。

事情發生的太快，幸運幾乎喘不過氣。他一吸氣，唾沫便沿著嘴角流出，對方那隻狗身上的氣味充斥他的鼻子。幸運一陣驚嚇，跳了起來。遭制伏的這隻狗推開月亮，掙扎著起身。

「恬恬！」幸運不可置信喊道。

她站在原地，四肢筆直，頭微微低垂，尾巴輕輕擺動一下。光滑毛皮的身體劇烈起伏，她環顧四周，感到一陣羞赧。

「我的老天，你在這裡做什麼？」幸運大喊。月亮、崔奇、瑪莎與貝拉微微朝後一退，蹲坐在地，望著眼前這隻小猛犬。

「我想要幫忙。」恬恬說，「你們卻不讓我跟。」

「我向你解釋過原因啦！」幸運忍不住放大音量。

「我不想要跟艾爾帕和狗幫其他成員一起。」她悶悶不樂說，「沒有一隻狗阻止我做任何動作。事實上，我不認為有誰注意到我的離開。」

「要是艾爾帕知道你不在狗幫，肯定大發雷霆！」貝拉激動地往前豎起耳朵。

「不，他不會。」恬恬大聲說，「他會很高興見到我離開。」

幸運舔著下顎，內心感到憤怒與不確定，他忍不住同情起恬恬。對艾爾帕與其他成員來說，恬恬最好不要存在。然而幸運不得不承認：他並未認同她的存在。**她不再是隻幼犬，剛才一陣衝突中，我還以為她是隻成年猛犬。**

她現在已經是隻發育完全的猛犬，卻沒有自己的名字。

幸運搖搖頭，恬恬的舉動令他感到既憤怒又心疼。「一切都不重要了。你的舉動太過魯莽，很可能害大家身陷險境裡。」

「你不明白！」她趴躺在地，抬起頭望著幸運，哀求道。「我很想要幫上忙，不能在一旁觀望、等候，否則我會瘋掉。這就跟吃飯和睡覺一樣自然，我的身體告訴我非這麼做不可！」

幸運甩甩耳朵，想要釐清思緒。在場其他成員此時緊盯著他瞧，等他做出裁定。**我是這趟任務的領袖，必須做出決定。**

他蹲坐下來，表情凝重。「你現在沒法回去了，恬恬。」他露出牙齒說，「就算我希望你回去也辦不到。」

恬恬滿心期待，豎起耳朵。

「路程遙遠，我不能冒險讓你獨自回去。天犬為證，恬恬，我眞希望艾爾帕好好懲罰你！」

她一臉歉意，趴躺在地，下顎緊貼著地面。

「如果讓你回去，你說不定會迷路，更糟的是撞見無懼。所以你必須跟我們一起走。」

恬恬滿心雀躍跳了起來。「謝謝你，幸運。我保證不會給你們添麻煩。」

「你得好好聽從指示。」他說，「我並不高興接受這樣的結果！」

月亮噘起嘴。「你說的對，幸運。我們別無選擇，她必須跟我們一起行動。」

貝拉、瑪莎與崔奇怒視著眼前這隻小猛犬。**至少，她知道羞恥**，幸運心想。**但事情不該這樣發展**。

「那麼就這麼決定了，我們繼續任務，你跟著我們一起走。但是恬恬，你不准逾矩，事事得向我稟報。現在，我們前去尋找費瑞。」

第十六章

夜空降下一片瑞雪。幸運又閃又躲，低下頭，避開雪花打落在身上的刺痛感。雪花從草叢間彈起，再落下，直到地面舖滿厚厚一片雪。

幸運腳下的地犬發出痛苦與氣惱的叫喊聲。

請別生我的氣，地犬，幸運哀求道。**是這場瑞雪傷了你。**

但是踩在腳底的地面卻再度震動起來。地犬不是沒聽見他的祈禱，就是不在乎這一切。

當地面開始搖撼時，幸運忍不住奔跑，想要逃離大咆哮，以及瑞雪打在身上的刺痛感。他衝向森林，希望樹林能夠替他遮擋這場雪，但是當他抬頭望向天空，發現漆黑夜空閃耀著令人炫目的銀白色光芒。閃電再度發出吠叫，聲音比起幸運所聽過的還要震天嘎響，黑夜變成了白晝。大片瑞雪化成細碎雪花，小小雪花在樹葉與枝椏間飛舞，幸運無從躲避。

這不過是場夢。只是一場夢。

但是夢境卻如此眞實。恐懼緊貼著他的身體宛如濕黏的泥巴。他應該感到害怕。他應該向前狂奔、逃竄，避開不知名的東西。但他只感覺到沉重與宿命般的恐懼。這裡沒有恐懼之犬，根本沒有恐懼之犬存在，但這並非他不該感到恐懼的理由。

他不該感到害怕的原因是因爲他根本躲不開雷霆之犬。

宛如遭閃電擊中般，幸運感到一陣晴天霹靂，遠比這場瑞雪令他更加恐懼。閃電再度咆哮，從他的腳邊劃過，打中森林中央的大樹，大樹崩塌在地，地犬發出怒吼回應。

求求你，別再發出咆哮，地犬。這個世界再也禁不起另一場大咆哮，它無法在神靈之犬的戰爭中求得生存。

如果他們選擇投向雷霆之犬哪一方，世界將就此結束毀滅。

幸運倏地驚醒，甩開夢境中灑落一身的雪。他的內心依舊感覺到恐懼，掩蓋其他的感覺，直到他突然感覺到水花濺落在他的身上。恐慌令他幾乎要窒息。**莫非是天空降下了瑞雪？我的夢境實現了？**

不，他後來明白不過是一場雨。而且只是一般的雨水，雨水不會燒灼他的身體與毛髮。他突然感覺到鬆了一口氣，尾巴忍不住顫抖了一下。他用舌頭舔去身上的雨水，聞到了恬恬的味道，她在一旁輕輕舔醒他。

「你沒事吧，幸運？」她的聲音充滿關懷。

「我沒事，恬恬。」幸運大口喘著氣，嚥了嚥口水，他蹭蹭她的身體。「做了惡夢而已。」

恬恬抬起頭。「你確定？你看起來一副嚇壞的模樣，幸運。你的夢境肯定很可怕。你的腳不停地抽動彷彿在夢中奔跑。你在躲避什麼？」

幸運幽默說道。「活的愈久，要擔心的事情愈多，夢境也就愈發駭人。」他舔舔她的耳朵。「你是否做了其他的夢？是否夢見了大牙？」

「沒有。」恬恬輕聲回答。「在我告訴他我選擇投靠其他狗幫之後，他就沒有再來找過我。不過我剛才也做了一個噩夢，嚇得醒過來。」

「是真的？」幸運舔了舔她的耳朵。「你夢見了什麼？」

「我不確定。現在已經有點模糊，不過當時真是嚇人。天空降下了刺痛皮膚的冰冷雨水。閃電正在跟地犬廝殺。真是奇怪。」

幸運內心一陣不安，他甩開不安的感覺，對她說，「我們快點動身吧，必須快些救出費瑞。」

「好啊。」恬恬嚷嚷道。「這場雨眞是可怕，雖然它不是酸雨！」

恬恬的皮膚想當然耳比幸運還要薄，他舔舔她發亮的毛皮，帶給她一絲溫暖。**她肯定比我感覺要冷，然而她卻絲毫沒有埋怨**。

他倆輕推醒其他同伴，五隻狗兒伸展四肢，打著哈欠，抓扒著地面。

「我們接下來要怎麼做？」崔奇問，他的眼神發亮望著其他同伴。「雨勢看起來暫時還不會停止，走在泥濘路上會很困難。」

貝拉若有所思提問。「我們走了這麼大一段路難道不必找吃的嗎？」

「不。」幸運回答。「你說的很對，我們別浪費時間，可以邊走邊留意獵物的蹤影。」

「我同意。」月亮回答。「我們已經花費太多時間前往狗花園。」月亮二話不說，轉身，朝崔奇帶領的方向前進。

月亮領先崔奇的步伐，走到了前方。崔奇說的沒錯，路面果然泥濘一片，他也遭遇了不小的麻煩，只能依靠三條腿走在潮濕的泥濘路上。

「你沒事吧。」恬恬滿臉憂愁問他。「你需要幫忙嗎？」

「我沒事。」他粗啞著嗓子說，「你繼續趕路，我應付得來。」

「他不會有事，恬恬。」幸運說，「他比起我們都有經驗，但是我要你走在我的面前。」

「好留意我的一舉一動？」恬恬皺起眉頭，噘著嘴問。

「沒錯。」他簡短回答。他沒有時間與精力跟這隻小猛犬爭辯。雨勢並未減緩衆狗的步伐。大雨滂沱，無情落下，流進了他們的眼睛、鼻孔，弄濕他們的皮膚。幸運聽見恬恬每走一步就抱怨一句。

待他們抵達長滿了草的山坡時，幼犬一時失足，腳底打滑，在毫無招架之力的情況下側身一翻滑倒。無可避免撞上前面的貝拉，她倆便因此跌落山腳。

恬恬站起身，怒不可遏朝地面發出怒吼。「你爲什麼要這麼做？爲什麼？」

幸運動作生硬地跟著滑下山坡，來到兩隻狗身邊，協助貝拉起身，輕推著恬恬安慰她。「恬恬，不要緊。不過是場意外。」

但她並未就此冷靜下來。「地犬根本就在竭盡所能阻止我們前往狗花園，不讓我們救出費瑞！」

幸運不安地望向月亮，要恬恬不要繼續往下說，「不是這樣，而是我們必須小心謹慎，這不該怪地犬。」

「眞的？」恬恬回答，她惱怒地用腳爪抓扒著地面，留下溝痕。「你怎麼知道是這樣？她明明可以幫助我們，卻不願意這麼做！」

「恬恬，事情根本就不是如此。」

「怎麼不是！地犬可以因爲怨恨所有的狗，因此引發大咆哮，摧毀我們。」

幸運舔著下顎，嚐著雨水。他用腳爪揉揉進了水的眼睛。他不知道應該如何回應恬恬，因爲他突然感覺到一陣恐懼。**我從來沒有這麼想過，地犬不會用如此激烈的方式對付我們。她庇祐著所有的狗……**

不是嗎？

當他們最後從樹叢間隙望向狗花園的鐵絲圍欄時，幸運已經疲憊得要虛脫。面前的恬恬拖著腳，跌跌撞撞往前奔跑，暈頭轉向，疲憊不堪，幸運得輕咬住她，才能讓她停下腳步。月亮驚恐地幾乎喘不過氣，甩開臉上的雨水。

「狗花園到了。」她喃喃說著。「費瑞……」

禁止進入的鐵絲網依舊環繞這整個地方，鐵絲網高高架起彷彿要碰觸到夜空中的雲朵，幸運心想。花園內，那些怪異的低矮房舍立在陰影之中，牆面遭雨水淋得濕透。上了鐵欄杆的透明石窗微弱透出燈光。

站在幸運身旁的貝拉顫抖著身體。「這地方依然令人毛骨悚然。」她咕噥著。「我們必須格外謹慎小心。」

「我想起來了。」恬恬顫抖著聲音輕聲說，露出眼白的部份。

幸運輕輕蹭著她的身體。**她當然還記得，這裡是她的出生地，也是她的母親喪命的地點。她與手足們才一出生就嗷嗷待哺的地方，身旁還躺了一隻斷氣的幼犬。**

幸運不知道要恬恬跟他們一起行動的決定是否有錯。森林內遭遇到的危險怎麼比得上眼前這個不堪回憶的地點？她很可能應付不來這一切。

太遲了。目前他能做的就是緊盯著她。

貝拉已經率領衆狗來到鐵絲網附近，他們壓低身子，小心翼翼行動，她在鐵絲網下方嗅聞著當初逃生的洞口。她花費大半時間抓扒著過長的雜草，偏斜著頭，嗅聞著。最後，當她恍然明白，忍不住發出低吠，充滿挫折。

「我找到了，應該是這裡不會錯。不過長爪們應該將洞口用泥土和石頭塡補了起來。」

「噢，不。」幸運內心一沉，他跟月亮和崔奇抓扒著修補過的鐵絲網。

「現在該怎麼辦？」月亮一臉失望問，她以後腿站立，前腿緊靠在鐵絲網上頭。「我們必要想辦法進去。」

「等等。」崔奇動作生硬用前腿鑿開泥土。「他們修補破鐵絲網的技術拙劣，我認為我們應該進得去。」

在場六隻狗合力鑿開泥土，抓扒著鐵絲網。重新補過的鐵絲網閃閃發光，很容易可以從捲曲的鐵絲網找到破綻。幸運跟月亮拼了命用牙齒跟腳爪抓扒鐵絲網想要弄鬆它，瑪莎則不斷掘開填補的洞口。原先的洞口被奔逃的猛犬撐了開來，即便如此，仍得花費一番力氣才能夠清除重新填補的土壤。一旦土壤鑿了開來，半數的狗便接著挖掘。等到鑿開到足以進入的大小，大夥早已累得氣喘吁吁。

「我先進去。」幸運口氣堅定。「我把你們帶到這兒來，倘若將遭遇危險也應該是我先面對。」

幸運深呼吸一口，把頭擠進洞口，前腿用力將身體拉向前。石頭刮傷他的耳朵令他疼痛難耐，一陣扒找與拉扯後，他感覺到肩膀滑過了洞口。

幸運吐出嘴裡的泥土與小石子，甩甩頭，鑽了過去。當他試圖要將下半身拉過洞口，卻發現自己的背部扭曲，感到驚恐萬分。

我卡在洞口！恐慌令他窒息，引發他的咳嗽。恐懼卻帶給他力量，後腿用力一推，他便將自己送出洞口，跌落在修剪過的草地上。他的背部刮傷，十分疼痛，但是他鑽過了洞口！

總算進入了狗花園……

他的尾巴因為鬆了一口氣而搖擺著。他輕聲叫喚其他同伴，月亮、貝拉、崔奇與恬恬依次輪流爬過洞口。

「我討厭這樣。」恬恬咕噥著，甩開光滑毛皮上的泥土。其他同伴們則忙著吐出嘴裡的碎石，抓搔著耳朵。瑪莎最後爬過洞口，一如幸運預期，同伴們已經將洞口撐大讓她得以通過。

月亮黑色的雙眸閃著光芒。「我們就快要到了。」她小聲說，「再過不久，就可以救出費瑞了！」

「會是誰修補了鐵絲網？」瑪莎冷冷問，她伸展四肢，甩甩頭。「瞧瞧這裡！」

恐懼令幸運嘴巴乾渴，眾狗凝視著眼前的狗花園。上回進入這裡是在一個夜裡，他跟麥基忙著救出猛犬的幼子，當時四周一片雜草叢生。如今雜草修剪整齊宛如剪短的毛髮，光線照在上頭，一塊一塊，散發著銀色的光芒。那些曾經出現裂縫且下陷的低矮房舍，塗上一層白色的灰泥，屋頂上的破洞也一個個用條狀的金屬片修補起來。散落一地的骯髒狗食器皿也已排列整齊，擦的光亮乾淨。

「這裡肯定聚集許多長爪。」貝拉小聲說，「可能比我們所想的還要多，我們得多加提防才行。」

的確。幸運心想，**我竟讓同伴們陷入比原先預期更加危險的險境之中。這可不像救出猛犬幼子那般容易。**

想起那天晚上的遭遇，幸運不禁感到憤怒。我救出了三隻幼犬，如今其中一隻幼犬死了，另外一隻加入刀鋒的狗幫。好個救援！

當他們爬到其中一排低矮屋舍的轉角，情況比他們所想還糟。狗花園內不僅充斥著長爪，還有許多籠車。

怪獸們蹲伏在地，睡在硬石子路面。幸運與同伴們停下腳步，害怕地望著眼前這一幕。這些籠車與他在城市所見很不相同。他們的體積龐大，身形加長，有著許多圓圓的黑色腳爪，以及黑色的眼睛。

籠車與一排排狗屋的氣味令他感到困惑，氣味彼此混雜，很難分辨味道是遠是近，是新還是舊。狗兒們靜靜走在修剪過的草坪上，來到粗糙的硬石子路面，偷偷在籠車四周徘徊，嗅聞著圓形腳爪上的刺鼻氣味。月亮抬起頭，望向其中最長的一部籠車，張開鼻孔嗅聞它的味道。

至少，四周安靜無聲，只有草叢間傳來的蟲鳴聲，以及遠方森林的高聳枝椏搖擺時傳出的聲響。**如果我們可以保持安靜，就可以找到……**

月亮的啜泣聲轉爲哽咽的痛哭。「費瑞！」

「月亮！」幸運大喊著，驚覺情況不對，奔向她的身邊。她蹲伏在籠車旁不可置信地盯著它瞧，鼻子發顫。「月亮，怎麼回事？」

「費瑞！」她猛撲向籠車，鼻子碰觸到它，將它驚醒前，連忙往後一退。

「安靜！你會引來長爪。月亮，求求你。」

「幸運，他在裡面，他在籠車的肚子裡！」

但是月亮顯然已經克制不住，她的哭喊聲轉而爲絕望的哀號。

「他被活生生呑進肚子裡！幸運，幫幫我，我必須救他出來！」

第十七章

月亮發狂似地猛抓著野獸的肚子，出入口位於金屬打造的身體上。她的爪子抓扒著金屬表面發出尖銳刺耳的噪音，但是她一點也沒有停下來的意思。門板微微鬆脫，但是被絞鏈固定住，免得敞開的門任意甩動。她拚命拉扯、抓扒著門板，朝她的伴侶不斷哭泣。

「眞希望麥基在這裡。」貝拉哭著說，她舔著月亮的頸項安慰她。「他對於長爪的門板很有一套。」

瑪莎將月亮輕推向一旁。「我想我應該辦得到，讓我試試。」

她用牙齒盡可能用力拉扯門板，將其中一隻大腳爪伸向絞鏈。「現在……如果這玩意兒像是……我就可以……快好啦！」

幸運與月亮立刻上前，將門板的開口拉開，當他們奮力拉扯門板時，幾乎跌坐在彼此身上。現在門板的開口只能容松鼠通過，沒法讓任何一隻狗進入。

「這樣行不通，讓我來試試。」恬恬大聲說，「反正，我也想要躲過這場雨！」她鑽到瑪莎的身體下方，鼻子往前推，其中一隻腳爪伸進縫隙中，下顎用力咬住金屬門板邊緣。

「如果真有這麼容易，我們就……」幸運突然噤口不語，驚訝地望著她使勁用力，門板吱嘎一聲被拉了開來。

「哇。」崔奇驚訝她的能耐。

「幹得好，恬恬！」瑪莎驚呼。

幸運只能眼睜睜望著小猛犬鑽進那頭野獸的肚子裡。**她如此年幼，卻如此有力**。恬恬毫不猶豫上前幫忙，她知道自己可以辦得到。

但是眼下沒時間關懷恬恬的力氣，月亮早已跟在恬恬的身後，鑽進受傷的籠車內，貝拉與瑪莎跟在後頭跳進敞開的洞裡。不一會兒，只剩下幸運與崔奇站在外頭。

「我會負責看守。」崔奇說，「快去救費瑞吧，快點！」

籠車內部傳來光線，儘管光線昏暗，幸運還是得眨眨眼睛，直到眼睛能夠適應光線爲止。他緩緩轉身，驚訝這隻野獸龐大的身軀。他的腹部就像是一個大山洞。肚子裡堆滿了一排排的籠子，一個個堆疊在一起。

「這裡簡直就像是收容所。」幸運小聲說，「關著許多活生生的動物。」

這裡不像他與甜心曾經被關進的收容所，他們在那兒經歷了一場大咆哮。籠子裡關進的多半不是狗。事實上，就他所了解，當月亮猛撲向其中一個籠子，對著鐵籠裡的費瑞一陣哭喊時，他似乎是這裡唯一一隻被關進籠裡的狗。他躺在籠子裡，身體隨著呼吸起伏，幾乎沒有力氣抬起他的頭，見到同伴前來拯救他也無心感激歡呼。

其他籠子裡，有鳥兒驚惶不停拍翅，本能地想要飛走。利爪發出嘶嘶叫聲，朝眾狗吐著口水，橘黃色的毛髮油亮結塊。還有的關著一隻瘦弱、疲憊不堪的土狼。一旁則關著在狹小空間裡直不起身體的鹿。他的眼神望向遠方，驚恐地想要爭取自由。籠子另外還囚禁幾隻狐狸，不過他們現在並不構成任何威脅；骨瘦如柴，灰撲撲的傢伙們一臉病容，身上毛髮禿了一塊一塊的，眼神呆滯無神。幸運望向關在裡面籠子裡的兔子，他們的身上發出惡臭，其中兩隻兔子瑟縮在一起，在黑暗中顫抖著身體。**我一點都不想要將他們當成獵物吃下肚**，他在驚恐中發現這一點。

「這裡究竟是什麼地方？」瑪莎顫抖著聲音問。

「我不知道。」幸運緩緩搖著他的頭說。

關著土狼的籠子裡傳來一陣訕笑。「有訪客呀，眞不錯。會待上一段時間吧？」

貝拉渾身發顫。「長爪們究竟幹了什麼好事？」

土狼發出粗嘎的一陣苦笑，但是他卻沒有回應。幸運頸背高聳，嗅聞著空氣，試著想要分辨出瀰漫在四周的奇怪味道。月亮依舊對著關了費瑞的鐵籠哭喊，她的身體緊貼著籠子。

罹病的氣味，幸運心想。這批動物們最近都患了病。幸運聞出來這是最近才出現的氣味，不過卻是一股惡臭。就像是從遭受毒害的傷口裡滲出的黃色黏稠物發出的味道。**他們的呼吸裡充斥著這類的惡臭……**

「他們似乎全都喝進遭到污染的河水。」他說。

「生了病了動物們被送到這裡來治病？」恬恬不安問道。「就像栓鍊犬口中會替動物治病的獸醫一樣？」

「我並不這麼認爲。」幸運回答。「這群動物們看起來不像是受到了妥善的照顧。」

「我們的確沒有。」關在籠裡的費瑞低聲說著。眼前這隻大狗盡可能把頭貼近鐵籠，想要接近月亮。「你說的沒錯，幸運；長爪們根本不顧我們的死活，他們只想要傷害我們。」

「怎麼會這樣？」貝拉驚呼。「長爪們並非一向善良，但他們不至於存心要傷害關在籠裡的狗！」

「這群長爪可不是這樣。」費瑞舔著月亮的鼻子，他的舌頭看起來乾燥且腫脹。「他們讓我們喝了不乾淨的水，我們喝下以後一個個生了病。」他朝那個被推向籠子角落的碗點點頭。裡頭盛裝著半滿的水。幸運湊近一瞧，見到碗裡漂浮著泡沫浮渣，水面結著一層薄膜，油油發亮。

「大狗說的沒錯。」其中一隻狐狸開口說完，便疲倦的再度陷入緘默。

幸運穿過同伴，站在月亮身邊。「費瑞，你確定長爪們是存心這麼做？」

「這是當然。」月亮氣憤說道。「瞧瞧費瑞病的不輕！」

費瑞的雙眼紅腫，淚汪汪的。他看起來消瘦不少，帶有光澤的粗硬毛髮變得生硬不勻稱。

「我並不想要喝碗裡的水。」他喘著氣說，「但是我實在太渴。」

他虛弱的幾乎抬不起頭來望著他的同伴，他的口鼻部位出現黃色的病徵，味道難聞。

幸運渾身發顫。「但這是什麼原因？爲何會讓這群動物生病？」

「他們還帶了針筒。」土狼說，「在我們身上又戳又刺，檢查我們的牙齒，拉扯我們身上的毛髮。」

「我認爲……他們在對我們做試驗。」費瑞發出呻吟。「他們想知道我們喝了水之後會出現什麼反應。」

「說不定他們想知道不穿上那些黃色毛皮返回這裡是否安全！」貝拉說明。

幸運望著眼前這群可憐的傢伙。**這地方一點都稱不上安全，除非他們能夠找到不受毒害的水源。**

月亮顫抖著身體，抓扒著鐵籠，哭喊著。「這群長爪眞是惡魔，他們在哪裡？」

費瑞抬起頭。「他們待在自己的長籠車內，在狗花園另一側。他們一開始帶我到這裡來的時候，我就聞到他們身上的怪味道，住在一塊的長爪們也都如此。」

幸運抬起頭，嗅聞空氣，試著避開病厭厭的動物們以及化學藥劑的味道。「我甚至從這裡就聞得到。」他小聲說，「那是酒精的氣味。」

幸運突然燃起希望，他舔舔月亮，安撫著她。「這意味長爪們會睡得不醒人事，睡上很長一段時間。他們喝起酒來就會這樣。開始先是一陣叫囂、打鬧，接著便昏昏睡去。」他打了一個哆嗦，回想起幼時遭到酒醉的長爪拳打腳踢與叫罵的畫面，當時長爪的身上就是帶著這個氣味。

貝拉豎起耳朵，抬起頭。「下雨了。」

的確，幸運聽見雨水打在金屬上頭乒砰作響的聲音，隨著雨勢加大，籠車身上便跟著傳來嘩拉嘩啦的雨聲。不一會兒，他得提高音量才能夠蓋過雨聲。

「我們快點行動吧，必須快點把費瑞救出這裡！」

「等等。」費瑞的雙眼定定望著幸運，但他只見到他的眼睛充滿了疲憊與不適。「不單只是這樣。」

「這話什麼意思？」月亮急切地隔著鐵籠舔著伴侶的鼻子。「我們必須救你出來，費瑞！」

費瑞朝相鄰的鐵籠點頭示意。「這裡並非一般的收容所，情況恐怕更糟，沒有誰應該被關在這裡，你們必須把我們全都救出去。」

幸運猶豫了一會兒，接著點點頭。儘管他的內心充滿不安，但是他明白費瑞說的沒錯。沒有一隻動物應該活生生被留在這個可怕籠車的肚腹裡。

他舔舔嘴，望向一排排的鐵籠。每隻受困的動物都盯著他瞧，除了那些病得太重，無力抬起頭的動物。**他們感到恐慌、發狂與絕望。一旦釋放他們，說不定其中有些動物還會攻擊我們。**

但他絲毫沒有選擇的餘地，於是他低下頭對費瑞說，「你說的對，我們會救出這裡所有的動物，但前提是先救你，畢竟你是我們前往這裡的原因。」

「對。」月亮輕聲說道。「不要爭辯了，先救你出來。」

「這件差事就交給我吧。」恬恬早已不耐地鑽進幸運與月亮之間，用她有力的腳掌朝鐵籠上的鎖頭一揮，她緊抓住鎖頭用力拉扯，用盡下半身所有力氣朝後傾斜身體。費了好一番力氣，幸運還以爲她的腳爪要裂開，籠子的門才鬆脫，接著幼犬把頭一扭，用牙齒咬住鐵籠。

幸運這時候才發現，**恬恬已經長齊了成齒，到了該命名的年紀！**

恬恬的喉嚨發出低吠，鐵籠慢慢彎折變形。費瑞則待在鐵籠另一側，用力衝撞鐵籠的門，啪的一聲，門被撞了開來。噹啷一聲隨著恬恬落向一邊。

「費瑞！」月亮朝前猛撲，溫柔卻又急切地舔著他的臉。費瑞輕輕蹭著月亮，輕聲喚著她。

這是怎麼回事？幸運原本鬆了一口氣，費瑞身上的味道卻令他感到惶惶不安。出了鐵籠，活動之後，大狗身上的氣味令人掩鼻。幸運望著眼前這對重逢的伴侶渾身發顫。

儘管身體虛弱，大狗仍抬高了頭，驕傲地步上前。「謝謝你，但現在我們得救出其他動物。」接著他的身體一癱，有氣無力說著。「我不會讓任何一隻動物被留在這裡，不論是敵亦友。甚至包括獵物在內。長爪們或許喝了酒，幸運，但他們很快就會回來，還會在夜裡前來巡視。」

幸運同意費瑞的看法。「那麼就別浪費時間吧。」

「跟著我剛才的作法。」恬恬對眾狗說，她的黑色雙眸閃著堅毅的光芒，朝下一個鐵籠張牙舞爪。

大夥齊心協力絲毫沒有猶豫。此時，眾狗們見到了幼犬的努力，帶著全新的自信開始對鐵籠發動攻勢，鐵籠的門一個接著一個扭曲變形，最後鬆脫開來。瑪莎不斷揮舞著巨大的爪子，貝拉與幸運則跟著加入她的行列，啃咬著鐵籠，完全無視於冰冷尖銳的鐵絲網。有了月亮在一旁作伴，費瑞比起任何一隻狗都要更加賣力救出關在籠裡的動物。

動物們一隻接著一隻跌跌撞撞爬出他們的牢籠。兔子們儘管嚇的瑟縮在一塊兒，但仍以肚子匍匐前進，爬出鐵籠，然後迅速從眾狗們的四肢間隙鑽出。

小鹿則是連害怕的力氣都沒有，盯著敞開的門好一會兒時間後，才踉蹌地奔向黑夜。

幸運發現自己態度堅定啃咬著囚禁了橘黃色利爪的鐵籠。他側邊的牙齒因為用力過猛而發疼，但是他的心意已決。**這麼拚命，全都為了這隻利爪！有誰會想到我掙扎了許久才決定要幫助狗兒的天敵**？

眼前這隻利爪總算停止朝他吐口水，他小心翼翼默默盯著幸運奮力鬆開鐵籠的門。等到門鬆脫開來，利爪站直了身體，弓起了背，豎高著尾巴，絨毛豎起，身體膨脹。

他的喉嚨發出低聲號叫，幸運佇立原地不動。他知道利爪對他做出恫赫，但此時沒時間對付這個難纏的傢伙。

利爪怔住，叫聲逐漸止息。他微微抬起頭，眨了眨黃色的眼睛。喉嚨的隆隆聲響並非咆哮聲，幸運回過神做出反應前，利爪已經鑽出他的身體下方，衝出籠車的門。

幸運盯著這個天敵的背影感到一陣好笑。

這隻利爪是在向我致謝！

第十八章

此時，籠子裡幾乎已經空蕩蕩，鐵籠的門扭曲變形，伴隨著倉促離開的腳步聲發出詭異的嘎吱聲響。每隻遭釋放的動物，張開尖牙——除了利爪之外——全都轉身幫助眾狗救出動物，幸運儘管驚訝卻滿懷喜悅望著這群動物多麼急切要打開每道籠子裡的門。遭受毒害的難聞氣味穿過了籠車的隙縫，消隱於夜晚的空氣中。

土狼站在破損的牢籠前好一會兒，一對大耳朵狐疑地抽動著，然後猶豫地跨出邁向自由的步伐。幸運斜倚著頭望著土狼越過他的身邊，接著把頭探出籠車破了大洞的肚子。他的肌肉緊繃，幸運怔住不動。卻見到森林邊緣的樹上，閃過利爪的橘色身影。

幸運的喉嚨忍不住發出低吠。**我知道你在想什麼，但是剛從長爪的牢籠裡**

釋放出來的利爪並非我們攻擊的目標！

土狼意有所指，回頭張望。最後，他微微低下頭，從容步出籠車，衝進大雨裡，朝圍欄的方向奔去。他鑽進鐵絲網底下的洞口，最後消失其中。

多數遭囚禁的動物現在皆獲得了釋放，幸運渴求新鮮的空氣趕走籠車肚子裡的難聞氣味。他站在門邊，張開鼻孔，吸入大雨的氣味。

味道真好……幸運嘆了一口氣，接著他豎起耳朵，瞥見一個身影。在滂沱大雨中，他認出是一隻土狼從遠方的圍欄竄出。這時候另一個身影從矮樹叢急奔出來，瘋狂地舔著土狼的耳朵。霎時，這隻動物怔住不動，抬起頭，眼神堅定凝視著幸運。然後開心地與獲得自由的土狼相會合，彼此耳鬢廝磨一番。

原來是另一隻土狼，幸運最後恍然大悟。

她是土狼的伴侶！肯定在這裡守候他多時。土狼並非幸運相交甚歡的遠房親戚，更別提狐狸——特別是一幫狐狸打算吃掉恬恬跟她的手足之後。然而，他仍掩蓋不住拯救這隻受困的土狼返回他的伴侶身邊的喜悅之情。

費瑞說的沒錯，救出其他動物的確是明智之舉。

幸運突然聽見籠車肚子裡傳來低聲咆哮，感到一陣驚嚇，倏地轉身。他的頸背僵硬，是另一隻狗！這麼說來，費瑞並非這裡唯一遭囚禁的狗。

他立刻衝進籠車內，見到瑪莎渾身僵硬站在一個巨形籠子前，籠子在陰影處，與其他鐵籠遠遠相隔，藏在一道堅固的圍幕後。**這說明我們為何獨漏了他。**

猛犬站在鐵籠門邊發抖，籠子已被瑪莎破壞。他齜牙咧嘴，遭截斷的耳朵僵硬、豎直，但是他的一雙黑色眼睛卻想避開他的救星，垂下他的頭。

眾狗們此時直直盯著眼前這隻猛犬瞧，靜默聲中，耳邊只傳來了雨水打在金屬上頭的劈啪聲響。恬恬微微發顫。猛犬發出一聲低吠之後，轉身用舌頭舔著身上的禿毛區塊，然後再度面對眾狗。他的目光炯炯有神。

「是何方神聖把我救了出來？」最後，他抬起雙眼，一臉輕蔑注視著幸運及其同伴。噘著嘴，繼續往下說，「或者更貼切來說是一群雜牌軍？」

幸運發出怒吼。「你簡直是在侮辱我們？也不想想是誰把你救出來？」

「不。我只是沒想到自己落到這個下場。」猛犬用力甩著頭，發起牢騷。「但我想我應該向你們道聲謝。」

「噢，不客氣。」貝拉咕噥道。

猛犬霎時抬起頭。「長爪們將爲此付出代價！他們一點都不像我的主人。我的主人不僅仁慈善良，而且既強壯又聰明。但是我的主人離開了，我現在恢復了自由之身。沒有誰膽敢將阿斧關進鐵籠裡！」

「不！」幸運急忙步上前，一臉驚恐。「你不能要求這群長爪為此付出代價。我們必須盡快逃離這裡！」

「我的同伴幸運說的很對。」費瑞開口。「我們得離開這個可怕的地方，不應該想著報復，以免再度落入他們手中。」

「你們這群雜牌軍腦袋有問題嗎？長爪們如此對待一隻猛犬不可能全身而退！」阿斧的眼睛發狂似地閃著光芒。「他們把我們關進這裡，你們難道一點都不在乎？我可不會輕易放棄，我要讓他們瞧瞧什麼是真正的恐懼！」

「我們知道恐懼的滋味是什麼。」月亮說著，她的身體緊貼著費瑞。「幸運說的沒錯：我們是該逃離這裡，沒必要冒著再度被他們逮著的危險，沒來由想找他們報復簡直是瘋了！」

恬恬衝到阿斧面前，四肢筆直站著，耳朵微微顫抖。「求求你聽進幸運的話，他雖然不是猛犬，不過他很有智慧，知道如何生存。」

阿斧一低頭，彷彿這時才注意到這隻幼犬的存在。他帶著鄙夷的語調說：「你不是晨星的孩子嗎？卻背叛了自己的同類！我們猛犬不聽命於次等狗！」

恬恬的喉嚨發出隆隆低吠。「幸運不是在對你下達命令，他是做出合理的建議。」她斜倚著頭，怒視著阿斧。「而且你可別侮辱我的朋友，我不會容忍你這麼做！」

幸運的內心突然感到一陣恐懼。他站起身，表示友好之情搖著尾巴。

「不要緊，恬恬。聽著，阿斧，這件事可以等我們逃出狗花園之後再討論。我們現在要想辦法逃出去！」

猛犬似乎把他的話當成了耳邊風。恬恬與猛犬面面相覷，伸直了前腿，壓低肩膀，露出嘴裡的尖牙。

「我們根本不該救你出來。」恬恬大聲咆哮。「大可讓你在籠子裡腐臭，是幸運認爲應該救你。」

過了好一會兒時間，阿斧的目光閃爍，斜眼望著幸運，接著再度抬起他的頭，口水在怒火中沿著嘴角流下。

「你說的有理。」他的口氣顯得野蠻無理，「我是不該怪罪這個叫幸運的傢伙，我應該把這份怒氣發在罪有應得的長爪身上，他們竟敢囚禁我！」

趁大夥來不及反應之前，阿斧豎高頸背，衝出籠車，將恬恬撞向一旁，還瞥了她一眼。她迅速站起身，轉身面對幸運，瞪大了雙眼。

「快跟上去！」幸運大喊。「他會去找長爪算帳，害我們被捉！」

眾狗們立刻在滂沱雨勢中衝出籠車收容所，腳底在濕濕的草地上打滑，撲倒在彼此身上，想要追上阿斧。但這隻身形龐大的猛犬已經抵達遠處的巨型籠車，以後腿站立，將前腿壓制在籠車的身上，態度挑釁地大聲吠叫。

「快滾出來跟我交代！出來啊，一群懦夫！」

月亮驚恐大叫。「我們得離這個蠢蛋遠一點！」

「不！」幸運見到恬恬追趕過眾狗，奔向阿斧身邊時，一陣驚訝，嘴裡叨念著支持的話語。「他這麼做沒有錯。我們是該給這群長爪一頓教訓，所有的狗兒從此不必擔心會在森林內遭遇不測。」

在她趕上阿斧之前，巨型籠車的門突然開啓，身穿黃色毛皮的長爪站了出來。這名長爪的臉部正常，幸運驚恐發現他並未戴上黑色面罩。長爪步履蹣跚，阿斧在雨中朝對方身上一撲，只見這名長爪一個踉蹌向後一翻。

「我要替自己報仇。」阿斧放肆大喊。「你們得爲自己的行爲，以及對我的家園負責！」

長爪翻過身去，幸運原以爲他會衝進籠車的肚子裡尋求庇護，怎知他卻從裡面拿出一樣東西，跌跌撞撞走了出來，面對阿斧。長爪朝阿斧揮舞著一個玩意兒，令幸運整個心涼了半截，渾身寒毛直豎。**是把長槍！**

長爪拿起這枝武器，瞄準阿斧的胸膛。

第十九章

「大夥快到這兒來。」幸運停下腳步大聲呼喊。「現在！」

眾狗在溽濕的草地上一陣手忙腳亂，趕往圍欄的洞口。此時揚起了風，將雨水帶往他們的眼睛。幸運在一片昏暗中幾乎無法看清沾滿了泥巴、還有許多動物由此逃生的洞口。當他發現自己的前腿滑進洞口時，感覺到鬆了一口氣，於是他使勁吃奶的力氣鑽進洞裡。洞口雜糅著利爪、土狼與狐狸的氣味，他卻從未感覺如此慶幸能夠聞到這些味道。

「快！鑽過洞口，我會跟上。」他奮力拉出他的腳，要費瑞與月亮率先通過，接著輪到貝拉與崔奇。

身旁的恬恬顫抖著身體，毫不費力便鑽進洞裡。「阿斧怎麼辦？」

「這一切都是他自找的。」幸運大聲咆哮。「他把我們也都拖下水，我們得離他遠一點！」

此時輪到瑪莎鑽過洞口，她的後腿拼了命抓扒地面。幸運用肩膀推擠她的下半身，還試圖用頭把她頂過去。

「我們不能不顧那隻狗！」恬恬大喊著。

「我們給過阿斧機會了！」幸運甩開眼睛裡的雨水，瑪莎的龐大身軀最後也鑽過了洞口。「我們不能為了他賠上性命。」

恬恬依舊躊躇不前，她在滂沱大雨中回頭張望，渾身顫抖。此時，許多長爪踩著搖晃的步伐紛紛步出巨型籠車，手持長槍，厲聲喊叫。其中一名長爪發出刺耳笑聲，不知道在嚷嚷些什麼。

「太遲了，恬恬！」幸運大喊。「我們必須快點離開！」

有個長爪將長槍舉在肩上，砰的一聲發出爆裂聲響。阿斧跳了起來，跌落在草地上，抽動著身體。這些長槍好像跟以前所見到的不同，幸運心想。聲音似乎有些不一樣，不會發出巨響弄疼狗兒的耳朵，比較接近擊掌的聲音。

「阿斧！」恬恬驚呼。「我們得去救他！」

「不，我們不會過去。」幸運冷冷回答。這時候，一名長爪奔向籠車的頭部，爬了進去。「他要喚醒籠車！」他驚恐大喊，籠車的眼睛倏地睜開，強烈的光線投射在狗花園裡。它發出怒吼，恬恬嚇得朝後一退，驚嚇不已。

「那是什麼怪物？」

「你不會想要跟它正面衝突。」幸運匆匆咬住她的脖子，將她拉向洞口。幸運鬆開她後，她滾了一圈，接著才奮力鑽向洞口另一邊，幸運緊跟在她身後。

大夥不安地在洞口外頭等候。「快走吧。」月亮大喊。

「上哪兒去？」瑪莎環顧四周。「籠車清醒了。」

費瑞噤口不語，站在一旁，低垂著他的頭，他的呼吸又急又淺。幸運驚恐發現他的傷口裂了開來，身上流著黃色的膿液，儘管雨勢不小，卻沖刷不掉沾黏在毛髮上的不明液體。

「我們必須躲進濃密的森林裡，就在那山丘另一側。」貝拉朝那陡坡點頭示意。「籠車無法在林間穿梭，他們雖然速度很快，卻不夠敏捷。」

「而且體型過度龐大無法來去自如。」瑪莎附和。

「我們走吧。」崔奇大喊，他搖晃著三條腿向前奔跑。其他狗兒緊跟在他身後，拚命想要奔向森林，把他們與籠車和可怕的狗花園之間的距離拉開。

幸運迎頭趕上崔奇，他們拖著沉重的步伐登上漫長、坡度平緩的山丘。路途卻似乎沒有盡頭。**森林之犬難道也在跟我們作對？幸運內心充滿絕望納悶**

著。不知道艾爾帕與狗幫其他成員現在在做些什麼？希望他們已經找到了安身立命處……

幸運踩著沉重的步伐，肌肉痠疼難耐，耳朵嗡嗡作響，耳邊卻仍聽見長爪憤怒的咆哮聲，以及籠車發出的轟鳴聲。他幾乎可以確定已經擺脫他們。陡坡肯定減緩了巨大野獸的速度，因爲等到狗兒們抵達山頂，籠車原本銳利的眼神，在黑暗中削弱不少。眾狗駐足山頭，氣喘如牛。

下坡路段明顯陡峭，幸運壓低身體步下山坡時，崔奇發出一聲驚呼。「我辦不到！要是我摔斷僅剩的一條前腿該怎麼辦？單憑後腿如何行動！」

幸運轉過身。「快啊，崔奇，我們可以趁機把他們遠遠拋在腦後，前提是如果能夠抵達那片樹林。我不會讓你摔著的！」

「但我的腿。」崔奇裹足不前。「我完好的前腿……」

幸運快步奔向他的身後，豎起耳朵，此時貝拉與瑪莎早已領先越過他們，步下陡坡，朝森林的邊緣邁進。恬恬則緊跟在她們的身後。最後，就連虛弱的費瑞也在月亮的攙扶之下，越過他倆。

「崔奇，你必須加緊腳步離開。」幸運急切對他說，「不論結果如何，絕不會比被長爪活逮更糟。我會陪著你，我們必須趕往那片樹林。」

崔奇嚇得回頭張望，幸運這番勸說果然奏效。「好吧。」兩隻狗小心翼翼步下崎嶇的陡坡，腳底踩著爛泥以及細碎的石頭。落下的石子擊中前方的恬恬，耳邊傳來她哀叫了一聲。

「快到了。」幸運氣喘吁吁說。

才剛越過陡坡一半的路程，幸運見到了其他同伴已經在山腳下等候他們，說時遲那時快崔奇前腿一滑，失去了平衡，獵犬便這麼連滾帶翻，斜躺著身體滑落陡坡。幸運急忙大喊。「崔奇！你沒事吧？」

只聽見雨聲裡夾雜著他的回應。「我很好，已經抵達山腳了！」

幸運鬆了一口氣，衝下陡坡。「現在，快點進入樹林吧。我又聽見了籠車的聲音。」

可以確定的是，籠車的轟鳴聲再度加大，它那銳利的眼神照亮遠方的樹。**他們的速度真快！**繞了一大段路，雖然仍在山頭另一邊，卻仍緊追不捨。

「快走！」幸運大喊，他聽見籠車上坡處發出轟鳴，銳利的眼神令他幾乎睜不開眼。

眾狗轉身，朝樹林狂奔而去，邊跑邊閃躲迎面而來的細瘦樹幹。幸運心跳加速，四肢用力狂奔，有那麼一刻，他嚇得以為籠車就要從他身上輾過去，將他壓的魂不附體，去見地犬。接著，他感覺到腳底原本踩踏的草地與泥地，變成了乾燥的落葉與細小枝條，低矮枝椏拍打著他的臉。

我們辦到了！

深入樹林前，沒有任何一隻狗緩下腳步。這時候，籠車與長爪們已被遠遠拋在後頭，在樹林那一頭彼此詛咒與叫罵。大夥一個個減緩腳步，聚攏一塊兒，大口喘著氣，身體跟著上下起伏。費瑞站在原地，身體搖晃，月亮則焦急地緊靠著他。

「這個計畫果然有用，貝拉！」幸運輕舔著妹妹的耳朵。「我們擺脫了他們。」

「縱使如此，我們還是得繼續往前走。」瑪莎不安地頻頻望向後方，向著遠方長爪發出咆哮聲的方向瞧。

崔奇開始動身，用著僅剩的三條腿動作敏捷在低矮的樹枝間穿梭。這回的步調對他來說顯得輕鬆許多，但幸運依舊見到月亮帶著焦慮的眼神望向費瑞，他聽見她在大狗的耳邊安慰著他。最後，她發出絕望的叫喊，幸運轉過身去。

費瑞虛弱地停下腳步。「我必須休息一會兒。」他的聲音有氣無力。「很抱歉。」

「不，不要緊。」幸運和顏悅色對他說，「我們目前暫時安全無虞，找個遮敝處休息也好。崔奇？」

「前方不遠處有個濃密的樹叢。沒有崎嶇不平的石頭，繁茂的樹枝不失爲一個絕佳的休憩地點。」崔奇抬起頭狐疑地望向費瑞，接著帶領著衆狗最後多走了幾步。大夥拖著疲憊的腳步，在濃密的松樹林間穿梭，然後累的跌坐在地，大口喘著氣。

儘管頭頂枝繁葉茂，雨水依舊從間隙落下，打濕他們身上的毛皮，沒有任何一隻狗能夠甩乾身上的雨水。他們彼此聚攏在一塊，相互取暖。緊靠著幸運的貝拉因爲太過疲累身體不住地顫抖。

「你確定我們很安全？」她把頭靠在瑪莎的背上，豎耳詢問自己的手足。

「我倒是沒聽見任何動靜。」崔奇抬起頭說。

「風雨聲這麼大，我不敢說我們可以聽出他們的下落，對吧？」貝拉不安地抬起頭。

「或許聽不見。」幸運安慰妹妹，「但我們可以聞他們的氣味，你也知道酒精的氣味有多刺鼻。我確定他們不可能因此接近我們而不被我們察覺。」

「最好確定安全無虞。」月亮舔著費瑞的頸項，眼神落在樹叢間。

「我什麼也沒有聞到。」幸運張著鼻孔，抬起頭。「真的，月亮……」

他霎時征住不動。一陣氣味竄進他的鼻子，就連舌頭都嚐得到。這並非是籠車的味道，而是……

「幸運。」恬恬輕聲喚道。「怎麼回事？」

「是其他狗的味道。」他說。

他站起身，眼神焦慮望向貝拉。恬恬的肌肉緊繃，跟著起身。

「是他。」她的頸背高聳。「那隻瘋狗。」

崔奇忍不住驚呼。「是無懼！」

幸運調整位置，緩緩轉身望向樹叢。在漆黑一片與滂沱雨勢中，他幾乎什麼也看不清。但是他知道那兒有個影子，他清楚知道。他看著這群狗向他們逐漸逼近，黑壓壓的影子，穿梭在松樹叢間，向著他們潛行而來。

刺鼻的氣味遮掩了泥土與大雨的味道，幸運忍不住甩甩頭，抓扒著自己的鼻子。**我曾見過無懼喝進遭汙染的河水**，他心想，**這肯定是造成他發狂的原因**。

或者應該說是更加瘋狂無理。

「奉恐懼之犬之名！」嗥叫聲在夜裡迴盪，在樹叢間回傳，像是從四面八方傳出。「我不願見到祂的名遭到玷汙，也不願見到地盤遭他者踐踏！」

幸運渾身寒毛直豎，他大聲咆哮。「什麼『地盤』？整座森林難道歸你所管，無懼？包括長爪的聚落？神靈之犬不見容這樣貪婪的行徑，你不能聲稱這裡屬於你！」

「我可以選擇想要佔領的土地。」無懼怒不可遏。「我會讓任何一隻膽敢挑釁我並且對恐懼之犬大不敬的蠢狗，用鮮血付出代價！」

「你簡直喪心病狂！」幸運怒吼，他小心翼翼轉身，想找出無懼的正確位置。

「我會殺死挑釁者！」瘋狗咆哮著。「按照恐懼之犬的意旨行事！率先拿背叛者崔奇跟他的同伴們開刀。」

眼前的每道黑影似乎在同時間展開行動。衆狗從林間竄出，從四面八方朝他們猛撲而來，嘴裡不斷叫囂著。幸運往前一躍時，撞上瑪莎，在這千均一髮之際，幸運及其狗幫的同伴們無不陷入驚惶，倏地轉身。

「奮力對抗他們。」幸運大聲喊道。「我們被對方包圍！」

大夥氣喘吁吁，幸運與其他幾名同伴迅速整隊，匆匆就防禦位置圍成一圈，準備迎戰無懼率領的狗幫所發動的瘋狂攻擊。幸運朝一隻撲向他的狗又抓又咬，將對方擊退，但是另外一隻體型嬌小的黑狗小波立刻朝他另一邊的肩膀攻擊，用牙齒朝他身上猛咬。幸運將他甩開，接著抓走一隻咬住貝拉脖子的狗。他將對方拉扯開時，貝拉痛的大喊，但是幸運沒時間查看她的傷勢。另一隻狗接著又撲到他的身上，他只得猛撲向……

不！是恬恬！幸運及時轉身發現。在昏暗的光線裡，外加上不斷落下的雨水，很容易誤傷了同伴。

然而，無懼率領的狗幫就沒有這層顧忌。他們只會朝任何移動的影子發動攻擊，不論對方是敵亦友。

幸運感覺到後腿慘遭啃咬，他試圖要轉身，但對方卻緊咬住他不放，他不得已只得拖著對方踏過泥巴與細小樹枝。他突然間感覺到下半身撞上了另外一隻狗的腿，差點將對方絆倒。原來是恬恬，只見她返回加入攻擊，與敵對的狗彼此扭打一塊兒，互相咆哮。她打起架來十分殘暴駭人，幸運發現，然而他仍看出她其實渾身發顫。她又冷又怕，恐懼卻令她更加兇殘，輕易就完全失控。

最後，幸運趁著打鬥的空檔，奔回恬恬身邊，朝她的對手肩膀用力一咬。

「快跑呀，恬恬！」他大喊。「我們等會兒再去找你。」

「不！我不會離開。」

「恬恬，聽我的勸……」

「救命呀！」

幸運的頭順著熟悉的聲音轉過去，月亮退守到一棵樹上。

「月亮，我來救你了！」幸運朝一隻撲向他的喉嚨的狗用力一揮掌，只見那隻狗朝後一摔，一臉吃驚。他迅速奔向月亮的方向，卻撞上另一隻不斷吠叫，且阻擋了他的去路的另一條狗。他備感挫折發出吠叫，試圖甩開這隻狗，但對方儘管身軀嬌小，卻像隻吸血蟲緊咬住他不放。「月亮！」

他差點接近月亮，但她的攻擊者卻個個嘴角淌著唾沫。無懼走向月亮的身後，一對黃澄澄的眼睛帶著濃濃的仇恨之情與血腥味。幸運卻見到就算月亮奮力抵抗，另外三條狗不消一會兒就可以將她撕個粉碎。就在幸運打算要制伏身上這隻兇殘的小狗，抓掉他的耳朵時，耳邊再度傳來月亮的呼喊聲，只是這回多了驚恐。

「不，費瑞！不要！」

幸運一個轉身見到費瑞撲向月亮的攻擊者，嘴裡發出咆哮。這隻大狗看起來疲憊不堪，而且身上還流著血，但他卻義無反顧撲向無懼的喉嚨，無懼一怒之下，發出尖銳的嗥叫。

「殺了他！殺了這隻蠢狗！」

第二十章

幸運穿過扭打的場面，驚慌中將其他狗幫成員撞開，但是無懼跟其他兩名手下已經轉身迎戰費瑞。大狗慘遭他們撞開，用力撞向一棵大樹幹，月亮在絕望中大聲呼喊，費瑞則慘遭咆哮的對手一陣啃咬與毒打。

幸運在滂沱大雨中止住腳步，無法從扭打成一團的激戰裡分辨出究竟哪個是費瑞，哪個是無懼及其兩名手下。他們揮舞著四肢，爪子與牙齒閃著光芒。更糟糕的是，他見到地上留了好大一灘雨水混合著鮮血的小水窪。幸運聞到鮮血是從許多傷口裡流出來的。

「費瑞，不！」月亮朝這群扭打一塊兒的狗猛衝過去，但是其中一隻狗見狀，猛撲向她。無懼的第二號手下加入戰局，與其他手下合力將她拖走，把她壓制住，讓無懼恣意對虛弱的費瑞發動攻擊。

幸運現在看清楚他的目標，知道該從何處下手，但就在他繃緊肌肉準備朝無懼猛撲時，一道黑影卻閃過他的面前，不讓他有機會發動攻擊。是恬恬，她整個身體朝無懼撲了過去，牙齒用力朝他的頸部一咬，將他從費瑞身上甩開。

他倆同時跌落地面，恬恬卻仍緊咬住無懼的脖子不放。她奮力將腳爪固定在地，將他拖行，然後將整個身體壓制在這隻瘋狗身上，不讓他行動，完全無視於對方齜牙咧嘴，朝她張著血盆大口。無懼的後腿拼了命猛踢著泥巴，濺了他倆一身的泥，但恬恬也不甘示弱，她的後腿朝他身上猛踢還留下爪印。現在她把渾身的重量全放在他的頭上，把他的頭往泥巴堆裡送。

幸運張嘴想要制止她，但話語卻卡在他的喉嚨裡。**讓她宰了這隻畜牲，替費瑞報仇。**

費瑞！幸運連忙趕往好友的身邊。月亮殘忍地咬住攻擊者的嘴巴後，他們早已嚇得四散逃逸。她趕在幸運之前，奔往費瑞，撲倒在他身旁，拼了命舔著他滲著血的傷口。

「費瑞，我在這裡！我在這裡！」她哭喊著，嘴角不斷舔著他的下顎。幸運在泥地裡止住腳步，月亮轉過身，採取防禦姿態，發出咆哮，見到是幸運，才又轉身面對她的伴侶。

幸運望著費瑞驚嚇不已，儘管他的身體依舊伴隨著呼吸上下起伏，但是他已經氣若游絲，大狗吐出的舌頭浸泡在泥漿裡。月亮再次舔著他的身體，每次動作都忍不住一陣作嘔。她無助地轉身望向幸運。

「費瑞的血有股噁心的味道！他怎麼了，幸運？」

「我不知道長爪對他做了什麼。」

「我們有什麼法子可想？」她在絕望中，把頭緊靠在費瑞的身上。

「我也不知道該怎麼做，月亮。」幸運低聲說著。「我束手無策。」

一陣憤怒的尖聲咆哮令幸運回過頭去。恬恬！她現在倒臥在地，無懼從她身體下方掙脫開來，將她撲倒，流著唾沫的嘴準備朝她的脖子用力一咬。儘管恬恬倒臥在地，但是她的動作十分敏捷，她立刻撇過頭去，避開他的牙齒，柔軟的身體立即拚命蠕動，接著一個翻轉，肚子朝地。

「不，恬恬！」幸運猛撲向她。「別背對著他！」

太遲了，無懼立刻跳到她的身上，將她壓制在地，朝她的脖子側邊一咬，恬恬痛苦的大聲哀號。

幸運發出嗥叫，撲到無懼的身上，胡亂朝他身上啃咬，結果咬到瘋狗的斷耳。很好！他立刻加大力氣用力咬，無懼痛的大喊，落到恬恬的身邊。幸運跟著他一起摔落在地，他的牙齒緊咬住對方耳朵上的脆弱部位，將無懼拉離開恬恬的身旁。

無懼又踢又扭，然後才掙脫幸運的啃咬，幸運感覺到有鮮血噴濺到他的臉上。無懼連滾帶爬掙扎著起身，惱怒地大聲咆哮。

他甚至感覺不到疼痛，幸運心想，他的內心一陣翻攪。**他真是太過瘋狂、太過病態！或者恐懼之犬令他完全感覺不到痛？在他發狂的背後是否另有隱情？**

幸運渾身發顫，但他沒有時間多想。無懼拉高音量，發出嗥叫，朝前猛衝。

幸運壓低身體，低下頭，用力吠叫，但是對方卻絲毫沒有碰觸到他。恬恬再度向前一躍，朝無懼迎頭痛擊，他倆扭打在一塊，在地上打滾。

恬恬真是勇敢！幸運的內心感到一陣驕傲，令一方面卻又感覺到恐懼。**不論她膽大與否，如果沒有步步為營，就會被對方殺死！**「恬恬，不！」

天空突然閃現銀光，恬恬與無懼的身影頓時令人無法直視。是閃電，神靈之犬跨過了天空，他的光芒穿透過枝椏，兩隻狗再度扭打一塊，相互撕咬。

有那麼一刻，幸運啥也看不清。但是等到閃電結束，他的視力再次恢復，他見到恬恬的嘴緊咬住對方的下顎。他倆在地面翻滾，只見恬恬用力一扭，奮力掙脫糾纏。

幸運驚嚇得幾乎要停止呼吸。小猛犬用力甩著頭，一大塊血淋淋的肉掉落在爛泥坑裡。她的身體劇烈起伏，渾身沾滿了雨水、汗水與血水，然後勝利地怒視著她的敵人。

幸運猛衝向前，害怕無懼隨時發動攻擊，但是對方卻倒地不起。他倒臥在地，渾身抽搐，嘴裡汩汩流出鮮血，流進泥地。

這時，幸運才看清楚眼前這一幕。無懼下半邊嘴完全脫離了他的臉。發狂地黃色眼瞳轉啊轉，喉嚨發出駭人的咯咯聲響。

打鬥聲逐漸止息，只剩下大雨以及疲憊不堪的狗兒大口喘著氣的聲音。還有奄奄一息的無懼喉嚨發出嚇人的咯咯聲響。

令人同情的可怕嗥叫聲劃破天際，霎時，無懼狗幫在混亂中嚇得亂竄。

「無懼！」

「我們的領袖！我們的艾爾帕死了！」

「快逃命吧！」

土石淹過林間空地時，敵對的狗幫落荒而逃，彼此撞成一團。等到最後一名敵人嚷嚷著衝進矮樹叢時，幸運顫抖著步伐，走上前盯著無懼。他的耳朵傳來隆隆作響的聲音，呼吸急促。另一個更加巨大的聲音又再度傳出。

崔奇驚嚇地問道。「他喪命了嗎？」

「還沒。」幸運回答，他看著無懼扭曲變形的頭顱流出的鮮血染紅了泥地。「不過他就要斷氣了。」

瑪莎不寒而慄，轉過身去，但是恬恬卻更加靠近遭她擊敗的敵人身邊。她緩緩伸出腳爪，戳刺他的身體。**她一點也不畏懼**，幸運感到一陣恐懼。**此刻的她似乎也感覺不到冷**。

恬恬滿懷期待，偏斜著頭望著幸運。「我是否應該確定這隻瘋狗不會再攻擊我們？」

幸運的背脊一陣發涼。她的問題如此直接、誠實。**她試著想要幫忙**，幸運對自己說，他望著她那雙明亮、天真的眼睛。**她只想要保護我們……**

他用力搖搖頭。「不必了。」他說，「他傷的如此重恐怕活不了，把他留給地犬吧，她隨時會帶走他。」

「地犬會很高興能夠帶走他。」恬恬輕拍了無懼的斷耳一下。

在幸運還來不及開口前，一陣淒厲的哀號劃破空氣。

「費瑞快死了，他要沒命了。快幫我！」

第二十一章

大夥一陣驚呼，趕往月亮身邊，她一臉悲傷倒臥在費瑞身邊。大狗掙扎著想要以前腿站起身，眼神迷茫，但是最後仍無力倒臥在地，濺了自己與月亮一身泥巴。大雨最後終於停止，微風抖落枝椏間的雨水，現在可以清楚聞到費瑞身上的味道，幸運不禁感到內心一沉，森林之犬似乎在向他耳語費瑞已經沒有了希望。如果他們能夠帶他前往貝拉口中所說「獸醫」那兒治病，也許還有一線生機……

但是在這個荒野林間恐怕毫無希望可言，附近僅剩的長爪也是害死費瑞的同一批長爪。

月亮的低聲哀號充滿了痛苦，她把臉龐緊貼著伴侶。「費瑞。」她輕聲喊道。「拜託你，你一向身體硬朗、強壯。你奮力對抗無懼……現在請你一定要戰勝病魔。」

「無懼是外在的力量。」費瑞噴出一口血，粗啞著聲音說，「但是我無法對抗體內的病症，月亮。」

「我知道你辦的到，堅強的費瑞，你務必盡力。」月亮緊貼著他。

只見費瑞奮力抬起頭，輕輕蹭著她。「這次我恐怕得投降了，月亮。不久就要斷氣了。」

月亮放聲哀號。「別說傻話，地犬會誤認爲你一心求死把你帶走！」

「沒錯，月亮。」他輕聲說，「她就要來把我帶走，現在我別無選擇。我的大限之日已到。」

大雨緩緩開始落在眾狗周圍，空氣中凝結著一股悲傷的氣氛，他們渾身溼透，身上沾滿了血跡，夾緊著尾巴。一抹月光從頭頂間的枝椏投射下來，映照在小水窪上閃閃發亮。崔奇趴躺在地，姿勢怪異，眼神充滿哀戚。他守在命在旦夕的無懼身邊，恬恬望著費瑞與月亮渾身發顫。

「幸運。」她輕聲說道。「我們得救救他。」

瑪莎輕推著她。「我們辦不到，恬恬。我很抱歉。」

「瑪莎說的沒錯。」幸運低聲回答，朝後退了一步。他抬起頭望著同伴的眼睛。「我們應該讓他倆有時間獨處，月亮必須向費瑞做最後的道別。」他嘆口氣。「然後，我們必須離開這裡，尋找狗幫的下落。」

崔奇僵硬地拖著身體離開，瑪莎跟貝拉跟著離開令人不忍卒睹的場面，但是恬恬卻站在原地不動。她的雙眼直盯著費瑞瞧，身體沒有離開無懼的身旁。

「恬恬。」幸運轉身對她說，「該走了。」

「我要守著無懼。」她說。

幸運嘆了一口氣。「他哪兒也不會去。現在留給月亮跟費瑞一點私人空間，恬恬。」

「但是……」

「我說該走了。」他的聲音中夾雜著命令的口吻。

恬恬顯然極為不情願帶著輕蔑的眼神最後望了無懼一眼，接著加入其他同伴的行列，尊重這對傷心的伴侶，與他們保持一段距離。幸運、瑪莎、貝拉與崔奇蹲坐在地，彼此面面相覷，或者緊盯著地面。隨著雨滴間歇落下，月亮之犬高掛天空，幸運感覺到恬恬緊靠在他的身邊。最後，她依偎在他身旁，身體暖呼呼的，惹人憐愛的睡姿彷彿又回到幼犬的模樣。她與先前那隻撕裂對方下巴的好戰猛犬真為同一隻狗？

他發現自己簡直對此難以置信。要不是自己親眼所見，他肯定要對任何一隻轉述她驚人之舉的狗大加責備。幸運抬起雙眼，目光從她那個光滑、溼透的頭頂望過去，與貝拉悲傷的眼神交會。

「噢，幸運。」他的妹妹輕聲說著。「看來這趟旅程白費心力，我們最後還是失去了費瑞。」

幸運嚥了嚥口水，卻沒有低下他的目光。「我並不認為我們白費心力，貝拉。我們不能放任費瑞慘遭披著黃色毛皮的長爪們荼毒卻坐視不管。」

「但是我們卻沒救回他的命。」

「我知道，但我們盡力了。換個方式說，我們也算立了一個功勞，讓費瑞毫無牽掛死在伴侶的身邊。」

「而且我們還殺死無懼。」恬恬睡眼惺忪咕噥著，她伸出舌頭，舔著殘留著血跡的下顎。

幸運感到一陣不寒而慄，卻仍點頭說道。「無懼的狗幫這下可以好好過活了，過去有無懼這樣的領袖很難活的有尊嚴。」

「我不願為了拯救他們而犧牲費瑞。」貝拉難過說，「或是為了救出那些遭囚禁的動物們。」

「我也不願意。」幸運安慰妹妹。「但事情就這麼發生了。我們也知道這些長爪們有多壞，現在我們知道他們的營地在哪裡，得不計任何代價避開他們。也見識到他們是怎麼對待那些遭他們所囚禁的動物們。」他抬起頭嗅聞林間吹來的微風。「至於其他動物，我知道狐狸、土狼和利爪並非我們的同類。」他見到貝拉嚇了一跳，「但是我寧可見到他們在森林裡遊蕩，也不願見到他們被這群邪惡的長爪施以凌虐與毒害。」

「我同意你的看法。」貝拉喃喃說道，她的頭趴躺在地。「但這些無法彌補費瑞的死。」

「不。我們能做的就是記取這事的教訓，在未來的日子裡保護狗幫的安危。這一切犧牲才值得，不是嗎？」

「幸運說的對。」恬恬突然站起身，幸運納悶她不是睡得正香甜。「費瑞的死儘管令人難過，但是狗幫能夠從中記取教訓，為此變得更加堅強。」

儘管她的年紀雖輕，卻能夠成熟面對這一點，幸運心想，他忍不住舔了她的嘴角。想當然耳，她對於死亡的最初記憶來自母親的死亡，而且身旁伴隨著一隻喪命的幼犬好長一段時間。恬恬是在死亡的陰影中出世，她出生後，大咆哮不再發生。**或許她對於死亡這件事的理解並未如一般的幼犬那樣感到害怕**。

這樣究竟是好，還是壞？幸運自己也不清楚。

駭人的嗥叫聲打斷他的思緒，眾狗轉身回望月亮，見到她蹲坐在僵硬的伴侶屍體旁。

「費瑞。」月亮哀傷哭喊。「他死了，我的伴侶死了。」

幸運猶豫了一會兒，走上前，將溫暖的身體貼在她顫抖的身軀上，輕輕舔著她的肩膀。「噢，月亮。」他輕聲說，「誰也沒料到這事會發生，但是地犬會好好照顧他。」

「我們得把他交給地犬。」月亮的聲音哽咽。「我不會把他留在這裡。」

「當然不會。」幸運蹭蹭她的脖子。「我們會幫忙你。」

泥地濕軟，攪和著一堆爛泥和松針在其中，至少，這讓泥土變得容易挖掘，儘管雨水不斷滲入底層。瑪莎與貝拉上前幫忙，鑿開結塊的泥土，直到深溝壑一旁堆滿了土。崔奇瘸著腿走往邊緣，一臉哀戚望著。

「我很抱歉幫不上忙，月亮。」他說，「我的前腿……」

「不要緊。」她停頓下來，抬起沾滿了泥巴的臉龐舔舔他。「我知道你像費瑞，如果能力足夠一定會幫忙。」

大夥動作輕柔，小心翼翼將費瑞的屍體推往洞口邊緣，讓他滾落洞裡。眾狗注視著他一動也不動的身體良久，接著才極為不情願以後腿將濕軟的泥土送進洞裡。

「地犬。」月亮哀傷說著。「請帶走我的費瑞，好好照顧他，把他貢獻給這個世界。」

幸運把頭緊靠在她的背上，悲傷的闔上眼。「她肯定會這麼做的。」他說。他希望自己這番話有說服力，因為這是他生平頭一遭對此感到不甚確定。**神靈之犬怎能如此對待我們？如果祂們當真存在，如果祂們當真在看顧著我們，又怎會讓這樣的憾事發生**？他感到無助地默默嘆了一口氣。

「無懼該怎麼處置？」貝拉從費瑞的墓前朝後一退。

恬恬呢？幸運突然發現自己忙著埋葬費瑞的事，悲傷的幾乎忘了她的存在。他皺起眉頭，轉身前去找她。**她並沒有幫忙埋葬費瑞。為什麼**？

恬恬再度來到癱軟在地的敵人屍體身邊。

「瘋狗眼看就要斷氣。」她說，「終於等到這一刻。我們是否應該替他挖個洞？」

幸運眨眨眼睛，看看恬恬再望向無懼。這隻艾爾帕終於命喪黃泉，屍體的模樣慘不忍睹，沾滿了泥巴與血跡，幾乎認不出來是隻狗的模樣。大雨彷彿隨時要將他沖走。

他就快要斷氣，幸運心想。**我們心知肚明**。

他抬起目光望向恬恬，她一臉平靜，眼神溫柔且清澈。他帶著好奇望著恬恬，只見她斜倚著頭，豎起耳朵。

無懼顯然傷勢過重，無法存活。

恬恬緩緩搖擺著尾巴，顯得躊躇猶豫。她的臉上似乎帶著困惑不解，輕輕對幸運發出低吠。

死亡對無懼來說何嘗不是一種解脫。

然而，倒臥在地的屍體卻令幸運感覺到不安。他轉身再看一眼，屍體是否移動過？倒臥在地的姿勢是否出現不一樣？那雙空茫的眼神似乎出現異狀？

恬恬應該沒有動過他，也沒有這個必要。

對吧？

太陽之犬散發的金色光芒透過枝椏映照下來，疲憊不堪的搜救小隊準備再次啓程。眾狗茫然不知所措，遺世孤獨，他們拖著腳，踩在潺濕的地面。月亮走在前頭，頭也不回，揚起著頭，耳朵與尾巴卻無精打采垂著。崔奇跛著腿跟在她的身後。瑪沙與貝拉殿後，走在幸運後頭，大夥悶悶不樂默默結伴同行。

崔奇身後不遠處，恬恬獨自行走，她的尾巴末端微微抽動了一下，耳朵高高豎起，留意周遭的危險，幸運發現自己並不想要跟上她的腳步。她似乎若有所思。**腦袋裡是否在盤算著邪惡計畫？恬恬，我現在真不知道該如何看待你……**

幸運稍為緩下腳步，走在妹妹身邊。貝拉看著他。

「你當眞以爲自己可以控制她，幸運？」

他感到十分吃驚，豎起其中一隻耳朵，卻沒有望向貝拉。他目不轉睛看著依舊獨自行走的恬恬。

「我不知道。」最後，他喃喃說道。「或許，我沒必要這麼做，她顯然將要成爲一個偉大的戰士。狗兒們爲求生存得做他們該做的事，不是嗎？」

「你認爲事情有這麼單純嗎？」貝拉朝他豎起耳朵，一臉嚴肅。

幸運嘆口氣。「我們在作戰當下不都變得野蠻起來？本能帶出我們體內的獸性。」

「但這是兩碼事。」貝拉提醒他。

「沒錯，的確是……」幸運難過得搖搖頭。「她擁有殘暴的天性，因此她善盡這一點用來對付無懼一點都不令人感覺到驚訝，是吧？」

但是我依舊甩不開那裡似乎很不對勁的感覺，當戰事已告結束。在我不注意時，肯定有事發生……

真是如此的話？我為何沒有聽見任何野蠻的吠叫聲或是撕扯的聲音。如果死亡是最後的寬恕，殺戮者是否未曾改變她的本性？

月亮站在前方，停下腳步，抬頭望向天空，微微嘆著氣。「太陽之犬眼看就要結束一天的行程，他在楓紅谷地停留的時間如此短暫；或許，他也厭倦這酷寒的天氣。他似乎想要讓樹木燒的火紅，卻總是無法稱心如意。」

幸運輕輕舔著她。「我們應該要趁天黑前找到營地。」他說，「大夥已經疲憊不堪。」

「天空會再次降下雨水嗎？」

幸運不禁爲月亮這帶著悲傷的語調而感到心疼。「我不這麼認爲。天空變得清朗許多，我們可以在樹底下休憩，等到天亮再啟程。」

「我們應該爲費瑞做出哀悼。」月亮喃喃說著。「等到我們跟狗幫的同伴們會合之後。」她疲憊地進行睡前的繞行儀式，找一處堆滿落葉的地方躺下，闔上雙眼。「我們要爲費瑞，對神靈之犬作出嗥叫，替他送行。」

第二十二章

入夜之後，森林顯得格外的安靜，耳邊只有依稀傳來昆蟲出沒的沙沙聲響，以及微風拂過的窸窣聲，擾了狗兒們的清夢。然而，幸運卻發現自己輾轉難眠，他經常醒來，變換姿勢，無法成眠。每根細瘦的樹枝與小石子都令他難以入睡，他不斷見到怪異且可怕的夢境——雷霆之犬正與無懼的狗幫們激烈廝殺。他害怕自己如果進入夢鄉，這些駭人的夢境就會造訪他。就連靜止的樹木也令他感到惶惶不安。

一個聲音將他從淺眠中驚醒，他倏地抬頭。有腳步聲在附近出沒。他儘可能保持安靜迅速起身，不想吵醒疲累不堪的月亮。會是無懼的狗幫前來尋仇嗎？

不，腳步聲並非向著我們的方向來。他在黑暗中眨眨眼睛，想辦法看清黑暗中的影子。**是恬恬！她不知道要上哪兒去**。

說不定她只想要伸展四肢，或是解便，但是幸運卻強烈感覺不該讓小猛犬離開他的視線。他緩緩跟在她的身後，跟著她走到山腳。恬恬突然轉身，眨了眨眼睛，臉上不帶有驚訝或是罪惡感。

「你在做什麼，恬恬？」他低聲問道。

她移開目光，望向森林。「沒事，幸運。我只想要靜一靜。我感到……愧疚。」她嘆了一口氣。

他感到一陣狐疑全身毛髮直豎。「怎麼回事？」

「我也不確定。我不喜歡這種氣氛，說不出來哪裡不對勁。我沒有具體的答案，但就是感覺得到。他們認爲我很壞，不是嗎？跟無懼一樣邪惡。」

幸運舔著乾燥的嘴，內心一陣糾結。「說眞的，恬恬，我也很驚訝你竟敢挑戰無懼，但這並不意味你做的不對。」他急忙補充，「只是你表現的毫不畏懼。」

「我應該表現出害怕嗎？我是壞狗嗎？」她望著幸運，顯得焦慮不安。

「不！我清楚知道你不是。」他蹲坐下來，望著她。「你的內心充滿了怒火，但是這點並不令人訝異。而且你效忠自己的狗幫，熱情激昂，一心想要保護自己的同伴。這一點都不像是壞狗會做出的事！」

「但我認爲……或許……我跟刀鋒一樣。」她渾身顫抖，闔上雙眼。

「恬恬。」他輕輕蹭著她。「這是我爲什麼希望你待在我跟其他同伴身邊，加入狗幫。如果沒有加入狗幫，你會被自己的情緒擊敗，讓它控制了你，你明白嗎？」

恬恬突然趴躺在地，帶著祈求的眼神望著他。「我不想要長大後跟刀鋒一樣。」她的情緒顯得十分激動。「我不想要像她！我想要當一名優秀的戰士，成爲團隊中有用的一份子，而非野蠻的殺戮者。我想要成爲一隻優秀的狗！」

幸運充滿慈愛，將他的臉緊靠在她的頭上，閉上眼，不去理會內心的掙扎。他的腦海不斷出現惱人的聲音，不停質問他天生的殺手如何變得優秀善良。

艾爾帕若知道恬恬擊敗無懼的事，不知會有何看法？幸運內心忍不住一陣發顫。甜心又會怎麼說？

惱人的聲音逐漸消退之後，他感覺到內心升起一股怒火。他不知道狗幫的同伴將作何反應，但是他清楚知道他們應該說些什麼。

他們應該感謝她爲此所做的一切，對她表示感激。**恬恬是搜救小隊能夠活**

著返回荒野狗幫的唯一理由。

「聽我說，恬恬。我們雖然沒有救回費瑞，但如果不是你，我們早就命喪黃泉。相信任何一隻狗都能夠明白這一點。」

恬恬抬起頭，悲傷的眼神閃過一絲感激的光芒。「眞的？」

「走吧，恬恬。」他輕聲說道，輕推著她，將她帶回睡夢中的同伴身邊。

「謝謝你，幸運。」恬恬打著哈欠，進行睡前的繞行儀式。

他倆同時躺臥下來，依偎在一起，他感覺到恬恬放鬆肌肉，呼吸變得深沉，不久他知道她迅速進入夢鄉。

幸運希望自己也能入睡。那番安慰恬恬的話語再度盤旋他的腦海對他提出警告。當他閉上眼睛，眼前只見到恬恬四肢僵硬站在無懼屍體旁的身影。無懼緩緩失去生命跡象，流血至死，迅速結束他的生命。

發生什麼事，恬恬？你究竟做了什麼？

黎明的銀白色光線穿透樹葉間的枝椏投射下來時，衆狗們紛紛起身，伸展四肢。幸運因爲睡眠不足，頭昏腦脹，但是他知道沒必要過度擔心，只有一個辦法可以讓他擺脫疲累，徹底清醒。

「貝拉。」他喚道，輕推著妹妹。「我們去獵食早餐。」

她興致高昂地起身，跟他一起離開。濃密的樹林裡，不見任何兔子的蹤影。鳥兒們無精打采站在樹頂，發出啁啾聲嘲笑眾狗，但他倆耐心守候，心意堅定，打算獵殺幾隻肥美的松鼠，他們現在想必正睡眼惺忪，無力竄逃。

「三隻松鼠，外加一隻鼬鼠。」貝拉嗅聞著獵物。「我們應該再多獵殺幾隻嗎？」

「這幾隻小動物應該足夠我們撐上一段時間。」幸運翻動著虛軟無力的鼬鼠。「雖然數量不多，但是我們得動身離開了。」

返回營地之後，大夥顧不得什麼階級之分，開始享用起食物。月亮雖然嗅聞著眼前的松鼠，卻別過頭去。

「我還不餓。」她喃喃說著。「你們拿去吃吧。」

「月亮，不行。」幸運舔舔她的鼻子顯得十分擔心。「我們還要走上很長一段路程，你必須吃點東西。」

月亮只得勉爲其難吃點東西，卻吃的不多，就像利爪吃下一隻老鼠的份量。吃了兩口食物後，她便將松鼠肉推開。撇過頭，用力咳嗽。

「我辦不到，我一點食慾也沒有，幸運。」

「好吧。」他蹭蹭她的脖子。「我明白。」

但是我會好好留意你，月亮。你必須緊跟在我們身邊，我不能夠再失去另一個伙伴。

儘管腳步蹣跚，搜救小隊成員們依舊拖著疲累與痠疼不已的身體再度啓程。這回，改由瑪莎帶隊領軍。大黑狗嗅聞到河水之犬的氣味前，幸運望著閃著銀色波光的河水，精神爲之一振。

「我們必須沿著河水前進。」他微微擺動著尾巴說，「很快就能回到長爪們的聚落，到時就能夠嗅聞到狗幫的氣味。」

他們腳踩著柔軟的草地與泥土來到了長爪們的硬石子路，屋舍長長的陰影投射到他們行走的路面上。他們穿過大街，嗅聞著地面，試圖尋找狗幫留下的線索。這一切難道出自幸運的想像？死亡的氣味比起先前所聞到淡了許多。**或許，這是因為楓紅谷地逐漸轉冷的原因。或者，因為長爪們最後被地犬給帶走**。他想起單獨被埋在墳墓裡的費瑞，不禁悲從中來。

「我們聞不到狗幫朝哪個方向前去。」恬恬一臉難過說。

「一定可以。」幸運回答。「甜心答應過我會留下氣味，我相信她。別擔心，用你的鼻子仔細嗅聞。」他突然振奮起來。「聞到了！你們是否也聞到了熟悉的味道？」

恬恬猶豫地朝地面一陣嗅聞，然後抬起頭。「是陽光跟甜心的氣味！」

「我就知道他們不會讓我們失望。」幸運突然為此感到開心，這是最近頭一回令他感到高興的事。「如果氣味一直保持著，我們很快就會找到他們，我保證！」

等到他們循著氣味，離開長爪的大街，進入另一條窄巷時，幸運感覺到肌肉痠疼、腳底刺痛。不知道其他同伴感覺如何？他納悶著。幸運一步一腳印持續前進，他知道如果一旦停下來，他就再也無法邁開步伐。他會捲縮起身子，沉沉睡下去……

霎時，他聞到一陣氣味，抬起其中一隻腿。「是什麼味道？」

貝拉抬起頭。「我也不知道。」

「我從沒聞過這個味道。」崔奇皺縮著鼻子，一臉好奇。

幸運內心不免感到狐疑，空氣中飄著帶有強烈鹹味的氣味。這個味道並非來自草地、河川或是樹木，彷彿是來自遠方的荒野。他噘起上唇，試著分辨，令人起疑竇的是味道相隔有一段距離。他們束手無策，只得繼續前進，每走一步，肌肉跟著發疼。崔奇此時嚴重跛腳，幸運不免替他擔心。

太陽之犬降下清朗的天空，月亮之犬在黃昏裡伸展四肢，準備上升。儘管尚未滿月，她卻已經又大又白，幸運忍不住注視著高掛在天空的她。今晚，他們看樣子是趕不上狗幫了，幸運清楚知道。**其他同伴跟我一樣疲憊不堪，這裡很快就要天黑**。的確，太陽之犬已經捲縮在地平面之下休憩，天空閃爍著一整片金黃。

我們必須停下腳步，但是我不希望他們因為沒有找到其他同伴而感到失望。我必須做點什麼，提振他們的士氣。

月亮之犬，請幫幫我……幸運斜倚著頭，望向她，他的頭頂灑滿銀色的光芒。霎時，他靈機一動，搖擺著尾巴，精神都回來了。

「大夥停下腳步吧。」他說，「我們今晚要在這裡紮營。」

大夥怔住不動，疲憊不堪地望著他。

他轉身望向恬恬。「我們要進行一件早就應該完成的事。」他說，「一個特別的儀式。」

恬恬深呼吸一口，兩眼閃著光芒，充滿著期待，不甚確定般舔著嘴。「你不是指……？」

「沒錯。」幸運躍上附近一塊岩石平台，大夥的目光集中在他身上，興致高昂。「同伴們，你們瞧恬恬。她不再是隻幼犬，已經成年了。她跟著我們走上這麼一大段路程，倖存至今，而且……」他轉身望向眾狗，「她救了我們一命。」

月亮在一旁附和。「沒錯。」

「她向我們證明她是個值得信賴的同伴。」幸運深吸一口氣。「如果艾爾帕在這裡，他不會反對恬恬替自己取名。」

瑪莎與貝拉彼此交換眼神，略顯懷疑。「你確定？」

幸運噘起嘴。「如果他對我們的決定有意見，我會捍衛到底。必要的話，以暴力反擊。」

他在一旁等著，四周陷入緘默。貝拉焦慮地轉身望向月亮，她則盯著崔奇。恬恬安靜蹲坐在旁。

他們難道不認為她已經準備好？他心想。

瑪莎抬起眼睛望向天空。「還不到滿月。」

崔奇清了清喉嚨。「我們也沒找到白色的兔子。」

月亮若有所思。**她是同伴中年紀最長的狗**，幸運發現。**一切就看她怎麼決定。**

月亮抽動著尾巴，接著果斷地將尾巴朝地面一甩，抬起頭。「幸運，我覺得這個主意很好。誰說儀式不能另作修正？我們不是爲了其他同伴而是爲了我們自身才進行這個儀式。唯一的重點是恬恬已經準備好，她渴望著命名的儀式。」她轉身面對小猛犬。「你呢，恬恬？準備好了嗎？」

恬恬朝月亮低下頭，接著抬起頭，眼睛閃著光芒。「我的要求就只有這樣。」她輕聲說。

「那麼你爬到這裡來。」幸運從岩石平台一躍而下，這裡不像甲蟲與荊棘所站的平台那般大，不過上頭灑滿銀色的月光，還可見到平台上頭有著銀色的紋路。「我們沒法提供兔子的毛做爲獻祭，但我們可以去找禮物給你。走吧，每隻狗前去尋找紀念品祝賀將我們從無懼手中救回一命的猛犬，藉此榮耀恬恬的嶄新名字！」

小隊成員彷彿遭閃電擊中，渾身充滿能量。他們擺脫了疲累，開心地衝向森林尋找送給恬恬的紀念物。

在月光的映照之下，閃亮的東西特別容易尋找。瑪莎嘴裡銜著一個表面光滑的白色石頭，擺放在恬恬面前的平台上。月亮則在矮樹叢間來回尋找，最後找到一朵白色小花，將它採下帶回給恬恬。小花的花瓣閃著光芒，完美極了。

崔奇蹣跚步出樹林，嘴裡銜著一根木棍，幸運發現它是包裹著銀色樹皮的白樺樹枝。貝拉則在月光下找到一片細緻的銀灰色樹葉。

他們用心尋找帶回紀念物的舉動真是可圈可點，幸運心想，內心十分感動。**我要帶什麼給恬恬呢**？他毫無頭緒地環視地面。

找到了！雖然不是白色，但十分完美。

森林邊緣有一棵巨大橡樹，樹根盤根錯節穿過地面。幸運走到樹下，小心翼翼撿拾一棵未迸開的小橡樹果實。他動作輕柔地將它擺放在恬恬的腳邊。

「送給你，恬恬。」他一臉嚴肅對她說，「你雖然年紀還小，但將來勢必大有可為，變得強壯有力，特別是在狗幫同伴的大力支持下。」

小猛犬依舊不動聲色端坐在平台上，臉上露出茫然的神情。她緘默好長一段時間後，她緊閉起雙眼，把臉面向月亮之犬，幸運見到她心跳加速。**她在想些什麼**？他不禁納悶道。

幸運突然記起過往——行色匆匆的長爪，小長爪頭上的金髮，末端帶有硫磺氣味的小棍子，以及他們屋內傳來駭人的死亡氣味。他們的驚呼聲不斷在他的腦海盤旋：呼喊聲幫助他找到了自己。眞幸運。

我是幸運，依舊還是原來的我。我現在加入狗幫，他們喜歡並且尊重我，

將我視為他們的一份子。我正在協助另一隻幼犬找到她自己的命運，並理解這個世界運作的模式。我教導她如何成為狗幫的一部分：成為一隻高貴、有價值、被愛包圍的狗。

幼犬的眼睛倏地睜開。雨滴開始落下，落在她的臉上，溽濕她身上的毛髮。她眨眨眼睛，環顧在場的狗幫成員，幸運在一旁等候著，內心充滿期待。遠方的天空出現一道閃電，頭頂雷聲隆隆。**快呀，恬恬！趁著天犬們開戰，月亮之犬消隱之前，快點作出決定……**

小猛犬突然驕傲地站起身，開心地吠叫。

「雷霆。我選擇雷霆做爲我的名字。」

在場所有狗兒們莫不替她感到高興，衝向前祝賀恬恬取了新名字。就連情緒低落的月亮也不免爲她高興。只有幸運怔住不動，他彷彿一棵高挺的橡樹，直挺挺站在原地。

他渾身發顫，**不過只是巧合**。

但如果不是？雷霆之犬即將出動？

噢，雷霆。你將會是引起戰爭的原因嗎？

國家圖書館出版品預編目資料

狗勇士首部曲. 四, 逆境求生 / 艾琳・杭特 (Erin Hunter) 作 ; 盧相如譯. -- 二版. -- 臺中市 : 晨星, 2020.02
面 ; 公分. -- (Survivors ; 4) (狗勇士首部曲 ; 4)
譯自 : Survivors #4: The broken path

ISBN 978-986-443-977-5 (平裝)

874.59　　109000066

狗勇士首部曲之四

逆境求生 The Broken Path

作者	艾琳・杭特（Erin Hunter）
譯者	盧相如
責任編輯	郭玟君、呂曉婕
校對	成昀臻、鄭乃瑄、呂曉婕
封面插圖	萬伯
封面設計	鐘文君
美術編輯	張蘊方
創辦人	陳銘民
發行所	晨星出版有限公司 台中市407工業區30路1號 TEL：(04)23595820　FAX：(04)23550581 E-mail: service@morningstar.com.tw http://www.morningstar.com.tw 行政院新聞局局版台業字第2500號
法律顧問	陳思成律師
承製	知己圖書股份有限公司　TEL：(04)23581803
初版	西元2014年11月30日
二版	西元2020年02月15日
郵政劃撥	15060393（知己圖書股份有限公司）
讀者服務專線	04-23595819#230
印刷	上好印刷股份有限公司

定價260元

（缺頁或破損的書，請寄回更換）

ISBN 978-986-443-977-5

狗勇士

親愛的大小朋友：

感謝您購買晨星出版的書籍。即日起，凡填寫此回函並附上郵資55元（工本費）寄回晨星出版，就可以獲得精美好禮乙份！

打★號為必填項目

★購買的書是：**狗勇士首部曲之四：逆境求生**
★姓名：____________ ★性別：□男 □女 ★生日：西元______年___月___日
★電話：____________ ★e-mail：____________
★地址：□□□ ________縣／市 ________鄉／鎮／市／區
________路／街 ___段 ___巷 ___弄 ___號 ___樓／室
職業：□學生／就讀學校：________ □老師／任教學校：________
□服務 □製造 □科技 □軍公教 □金融 □傳播 □其他 ________
怎麼知道這本書的呢？
□老師買的 □父母買的 □自己買的 □其他 ________
希望晨星能出版哪些青少年書籍：（複選）
□奇幻冒險 □勵志故事 □幽默故事 □推理故事 □藝術人文
□中外經典名著 □自然科學與環境教育 □漫畫 □其他 ________

你最喜歡哪隻狗勇士？為什麼？

填寫線上回函，立即獲得晨星網路書店 50 元購物金！

請黏貼
8 元郵票

407 台中市工業區30路1號
晨星出版有限公司
TEL：（04）23595820 FAX：（04）23550581
e-mail：service@morningstar.com.tw
http://www.morningstar.com.tw

請延虛線摺下裝訂，謝謝!

SURVIVORS 首部曲之 IV
貓勇士
逆境求生